누가 봐도 연애소설

누가 봐도 연애소설

이기호 소설

위즈덤하우스

차례

*

녹색 재회

길 건너편 그녀와 눈이 마주쳤다. 짧은 순간, 그녀는 굳은 듯 성오 씨를 바라보았다. 그러곤 황급히 고개를 숙였다. 분명 그녀 역시 성오 씨를 알아본 게 틀림없었다. 성오 씨 또한 그녀와 마찬가지로 고개를 숙였다. 아침부터, 이 무슨 운명의 가혹한 페널티킥이란 말인가. 성오 씨는 고개를 숙인 채 그렇게 생각했다. 하나둘, 아이들이 몰려오기 시작했다.

그날 아침, 성오 씨는 아내와 작은 말다툼을 했다. 초등학교 사거리 앞 녹색어머니회 봉사 문제 때문이었다.

"녹색어머니회라고, 녹색아버지회가 아니고! 지난번에도 내가 얼마나 쪽팔렸는 줄 알아? 지나가는 아주머니들마다 킥킥거리면서 웃질 않나……."

10개월 전, 다니던 회사를 퇴직한 성오 씨는 그때부터 개인병원 간호사로 일하는 아내를 대신해 초등학교 3학년, 1학년 남매의 육아를 전담했다. 말 그대로 '독박 육아'인 셈. 방과후 과정이 모두 끝나고 오후 3시 무렵 집으로 돌아온 아이들에게 핫도그나 만두 같은 것을 챙겨 먹인 후, 다시 영어 학원과 피아노 학원 버스를 태워 보내는 것, 중간중간 집 청소와 빨래를 하고, 마트에서 저녁 찬거리를 준비하고, 저녁 설거지를 하면서 초등학교 1학년 아이의 받아쓰기 급수장을 불러주고, 마지막으로 같은 침대에 누워 책을 읽어주다가 아이와 함께 스르르 잠드는 삶, 그것이 성오 씨의 일과였다. 성오 씨는 그런 삶에 별다른 불만이 없었다. 빨래를 개키면서 저도 모르게 휘파람을 불며 "건조기야, 건조기야, 네가 아무리 좋다고 소문나봐라, 내가 그거 사나? 그

돈 있으면 국물 떡볶이나 하나 더 사 먹지" 하고 흥얼거리기도 했다. 어? 의외로 적성에 맞네. 성오 씨는 그렇게 혼잣말을 하기도 했다.

하지만…… 녹색어머니회만큼은 사정이 좀 달랐다. 한 학기에 한 번씩 초등학교 사거리에 녹색 조끼를 입고 나가 아이들이 안전하게 횡단보도를 건너도록 돕는 그 봉사 활동은, 성오 씨가 하기엔 좀 쑥스러운 데가 있었다(아이가 두 명인 성오 씨는 이미 한 번 그 일을 경험했다). 초등학교 3학년인 큰아이가 말하기를 "자신이 지금까지 오랜 기간 학교를 다녔지만 엄마가 아닌 아빠가 나온 경우는 이번이 처음"이라고 했다. 실제로 녹색어머니회 깃발을 들고 서 있는 성오 씨 옆에 2학년쯤 되어 보이는 아이가 서서 계속 같은 질문을 던지기도 했다. "아저씨는 왜 출근을 안 해요?" "아저씨가 엄마예요?" 아이는 녹색불이 켜졌는데도 건너지 않았고, 급기야 성오 씨 옆에 쪼그려 앉아 같은 말을 반복했다. 아아, 그래. 아저씨는 직장도 없고 출근도 안 한단다, 그러니 제발 횡단보도 좀 건너줄래? 성오 씨는 그렇게 말하고 싶었으나…… 아무런 말도 하지 못했다.

그런 트라우마 때문에 아내에게 대신, 병원에 사정 좀 말하고 한 번만 녹색어머니회에 나가달라고 부탁했지만…… 돌아온 답변은 이런 것이었다.

"그냥 모자랑 마스크 쓰고 나가. 당신 요새 얼핏 보면 아줌마처럼 보여."

그렇게 다시 나간 횡단보도 앞에서 그녀를 만난 것이었다. 본래 녹색어머니회는 2인 1조로 횡단보도 이쪽과 저쪽에 한 명씩 배치되는데, 성오 씨 반대편에 그녀가 서 있었다. 대학교 3학년 2학기 때 만나 이듬해 2월에 헤어진 그녀, 졸업할 무렵 법대에 다니는 남자와 사귄다는 소문을 들은 그녀, 성오 씨가 몇 번 수유리 집 앞까지 찾아가 울면서 매달렸던 그녀, 그녀, 최민아……. 그녀를 십수 년이 지난 아침, 횡단보도를 사이에 두고 마주친 것이었다. 아이씨, 남들은 공항에서, 파리에서, 하다못해 극장 같은 곳에서 우연히 재회한다던데…… 나는 왜 녹색어머니회에서 옛 애인과 마주친단 말인가. 성오 씨는 그런 자신의 운명을 원망했다. 아내 말처럼 그냥 마스크라도 쓰고 나올걸……. 홧김에 뛰쳐 나오는 바람에 머리도 감지 않았는데…….

하지만 그런 성오 씨의 원망과 후회와는 상관없이 아이들은 계속 횡단보도 앞으로 몰려들었다. 8시 20분, 등교 피크 타임이었다. 신호등이 녹색으로 바뀔 때마다 성오 씨가 깃발로 도로의 차들을 막아주어야 했지만…… 성오 씨는 자주 신호를 놓쳤다. 계속 고개를 숙이고 있었기 때문이다. 그건 반대편 그녀 역시 마찬가지인 것 같았다. 아이들은 성오 씨의 도움을 전혀 받지 못한 채 횡단보도를 건넜다. 지난번 성오 씨에게 출근 안 하냐고 묻던 아이가 또다시 말을 걸어왔다.

"아저씨, 슬퍼요? 슬퍼서 출근 안 하는 거예요?"

등교 시간이 모두 끝난 후, 성오 씨는 입고 있던 녹색 조끼와 깃발을 학교 교문 옆 경비실에 반납했다. 거기에는 그날 아침 봉사했던 다섯 명의 학부모가 모여 있었다. 녹색어머니회 활동 일지에 아이들 반과 이름, 학부모 이름을 적고 서명까지 하도록 되어 있었다. 그래서 성오 씨는 그녀, 최민아의 딸이 자신의 3학년 아들 바로 옆 반인 것을 알게 되었다.

"저기요."

활동 일지를 적고 있는 성오 씨를 등 뒤에서 누군가 불렀다. 돌아보니 봉사 활동을 나온 어머니 중 한 명이었다. 최민아는 그 옆에 계속 고개를 숙인 채 서 있었다.

"민성이 아빠 되시죠? 우린 요 앞 카페에 가서 커피 한잔할 생각인데, 같이 가실래요?"

성오 씨는 잠깐 망설였다. 가고 싶다는 마음과 가고 싶지 않다는 마음이 서로 싸웠다. 그는 가지 않기로 결정했다. 거기 가면…… 정말로 옛 애인과 오랜만에 만나 건조기에 대해서만 말할 것 같았다. 성오 씨는 인사를 하고 먼저 자리를 떴다.

집으로 돌아오는 길에 성오 씨는 편의점에 들러 국

물 떡볶이를 하나 샀다. 아이들이 모두 등교한 거리는 놀랄 만큼 조용했고 또 한산했다. 그 길을 성오 씨는 터덜터덜 걸었다. 어디서 무엇이 되어 다시 만나랴. 성오 씨는 느닷없이 옛 노래가 떠올랐다. 이렇게 정다운 너 하나 나 하나는 어디서 무엇이 되어 다시 만나랴……. 녹색어머니회가 되어서 다시 만났다. 성오 씨는 그 노래를 흥얼거리다가 저도 모르게 콧등이 시큰해졌다. 성오 씨는 국물 떡볶이가 들어 있는 비닐봉지를 든 손으로 코를 훔쳤다. 에이씨, 국물 떡볶이나 해 먹어야지…….

아침 9시였다.

××초등학교
정지
STOP
얘들아
자.. 잠깐만
언제건너요...
아저씨!
정지
STOP

*

만추

없다. 아무리 둘러봐도 남편이 보이질 않았다. 불과 몇 초 전까지만 해도 대합실 플라스틱 의자에 앉아 얌전히 텔레비전을 보고 있었는데, 분명 그 구부정한 어깨를 몇 번씩 확인했는데, 느닷없이 바뀐 계절처럼 갑자기 영감이 사라지고 없었다. 급한 마음 때문이었는지 그녀 다리에 저절로 힘이 들어갔지만, 생각처럼 움직여지지 않았다. 마치 커다란 바늘 몇 개가 무릎 관절 사이에 꽂혀 있는 것처럼 걸음을 뗄 수 없었다. 터미널 대합실엔 사람들이 점점 더 늘어나고 있었다. 그 누구도 가만히 서 있는 모습은 볼 수 없었다.

그녀가 남편과 함께 집 대문을 나선 것은 오전 6시 30분 무렵이었다. 사위는 아직 컴컴했지만, 먼 산에서부터 어슴푸레 날이 밝아오고 있었다. 볏단을 쌓아놓은 논에선 까치가 날고 있었다. 읍내까지 나가는 버스는 오전에 총 네 번 있었다. 7시, 8시, 9시 30분, 11시. 그녀는 남편의 손을 잡고 마을회관 앞으로 걸어갔다. 추리닝 바지 위에 두꺼운 겨울 점퍼를 입은 남편은 때때로 걸음이 빨라졌다. 그때마다 그녀가 잡고 있는 손에 힘을 주었다. 그러면 남편은 마치 자동차 불빛을 만난 고라니처럼 우뚝 그 자리에 멈춰 섰다. 걸음을 뗄 때마다 남편의 추리닝 밑단이 힘없이 펄럭거렸다. 한때는 억센 종아리 위까지 바지를 걷어붙이고 같은 길을 터벅터벅 걷던 양반이었다. 종아리에 살이 빠지니 어쩐지 신발도 한 치수 더 커 보였다. 올해 여든한 살인 그녀의 남편은 1년 전부터 치매를 앓고 있었다. 남편은 가끔 그녀가 누구인지 알아보지 못했다.

읍내에서 인근 광역시로 나가는 시외버스를 타기 전, 그녀는 남편을 데리고 화장실에 들렀다. 매점에서 사준 바나나 맛 우유를 마신 남편이 아무래도 불안했기 때문이다. 차마 여자 화장실엔 들어가지 못하고, 대신 그녀가 남자 화장실로 들어갔다. 남편을 소변기 앞에 세우고 추리닝 바지를 내려주었는데도, 오줌을 누지 않겠다고 징징거렸다. 몇몇 남자들이 화장실로 들어서다가 남편 옆에 서 있는 그녀를 보곤 흠칫 놀라는 표정을 지었다. 그녀는 남편의 점퍼 호주머니에 5천 원짜리 지폐 한 장을 넣어주었다.

"자, 자, 당신 좋아하는 돈. 이거 줄 테니까 어서!"

그녀는 남편의 허리를 두어 번 툭툭 두들겨주었다. 그제야 남편이 소변을 봤다.

치매가 온 이후부터 남편은 유달리 돈에 집착했다. 장롱 안 손가방에 넣어둔 만 원짜리 세 장이 사라져서 며칠 마음이 무거웠는데, 손빨래하려고 내놓은 남편의 양말 안에서 그 돈이 나왔다. 동전은 파스와 알약을 모아둔 약통에서, 천 원짜리 지폐는 장판 갈라진 틈과 쌀

통 안에서, 불쑥불쑥 모습을 보였다. 남들은 그렇게 먹는 음식에만 집착한다던데, 남편은 그게 돈이었다. 그 사실이 그녀를 짠하게 만들었다. 팔남매의 막내로 태어나 학교 한 번 제대로 다니지 못하고 머슴처럼 일만 한 남편이었다. 논 한 마지기 물려받지 못한 몸으로 결혼해 삼남매를 낳고 모두 짝을 맺어주기까지, 소처럼 남의 밭을 갈고, 불과 몇 해 전까지도 푼돈을 받고 남의 조상 산소 벌초까지 대신 해주던 양반이었다. 그런 남편이 기억을 잃은 뒤에도 돈 앞에서 벌벌 떠는 모습을 보니, 그저 세상이 야속할 뿐이었다. 저 양반과 내가 살아온 세월이 다 뭐였나, 허망하기만 했다.

광역시 버스 터미널에 도착한 후, 그녀와 남편은 다시 지하철을 타고 인근 대학병원으로 갔다. 남편이 아닌 그녀 때문이었다. 두 달 전부터 기침을 한번 시작하면 좀처럼 멎질 않았다. 감기인가 싶어 읍내 의원에 나가 주사도 맞고 약도 타 먹었지만, 증상은 나아지질 않았다. 큰 병원에 한번 가보시는 게 좋겠는데요, 읍내 의

사 말에도 도라지청과 뭇국을 끓여 먹으며 참다가 나선 길이었다.

"예약을 안 하고 오셨어요, 할머니?"

접수창구에 의료보험증을 내미니 대뜸 그 말부터 돌아왔다. 그녀는 자꾸 어항 쪽으로 다가가려는 남편의 팔을 잡고 있느라 그 말에 제대로 대답하지 못했다.

"예약 환자가 많아서요, 오후 늦게나 진료받으실 수 있을 텐데……."

접수창구 직원은 그러면서 오늘은 예약만 하고 다음에 오는 게 어떻겠냐고 물었다. 그녀는 그냥 기다리겠다고 했다.

내과 앞 기다란 의자에 남편과 나란히 앉아 기다렸다. 딸에게 말할 걸 그랬나? 사실 그녀의 둘째 딸은 바로 이곳 광역시에 살고 있었다. 하지만 그녀는 이내 그러지 않기를 잘했다고 생각했다. 그녀의 두 딸과 아들은, 남편을 하루빨리 요양병원에 입원시키길 바라고 있었다. 그러다가 엄마까지 병 얻는다고, 엄마까지 쓰러지려고 그래? 그녀가 먼저 병원에 입원이라도 한다면…… 그땐 아마 그녀의 남편 또한 요양병원 입원을 피하진 못할 것이었다.

그녀는 내과 앞에서 한 시간 가까이 앉아 있다가 조용히 남편의 손을 잡고 일어섰다. 그러곤 진료도, 예약도 하지 않은 채 다시 터미널로 가는 택시를 잡아탔다. 기침이 나오려고 할 때마다 미리 사놓은 생수를 한 모금씩 마셨다. 남편은 택시에 타자마자 멀거니 창밖 풍경을 바라보았다. 뒤통수가 납작한 남편. 그 뒤통수가 서러워서 그녀는 잠깐 고개를 떨궜다.

그런 남편이 터미널에서 사라진 것이었다. 잠깐 읍내로 가는 버스가 들어왔나 살피고 온 사이 벌어진 일이었다. 이를 어쩌나, 이를 어쩌나, 계속 바쁘게 고개만 돌리고 있을 순 없어서 절뚝거리며 터미널 안을 돌아다니기 시작했다. 화장실도 갔다가 약국 안도 들여다봤다가, 다시 원래 앉아 있던 텔레비전 앞에도 가보았다. 하지만 그 어디에도 남편의 모습은 보이질 않았다.

소리라도 질러서 찾아봐야 할까, 경찰한테 부탁해야 할까, 오만 가지 생각이 다 들었지만, 무엇 하나 제대로 할 수 있는 일이 없었다. 머리만 점점 어질어질해지고 숨이 가빠왔다.

한참을 그렇게 헤매다가 그녀는 우뚝, 편의점 앞에 멈춰 섰다. 거기, 편의점 구석 전자레인지 옆에 마치 죄지은 아이처럼 고개를 푹 숙인 채 서 있는 남편을 발견했기 때문이다. 남편의 옆엔 편의점 유니폼을 입은 한 남자가 서 있었다.

"아니, 할아버지, 자꾸 여기다 지폐를 넣으시면 어떡해요? 네? 여기 홀랑 다 탄다구요! 할아버지 돈 많아요?"

편의점 알바생은 그러면서 아니, 5천 원짜리 지폐가 뭐 고향만두야, 하고 더 소리쳤다.

그녀는 그 모습을 가만히 바라보다가 천천히 그쪽으로 걸어갔다. 저런 싸가지 없는 자식을 봤나. 그녀는 최대한 허리를 편 채 다가갔다.

*

세상이 우리를 갈라놓으려 하더라도

은미는 곧 울어버릴 것만 같은 얼굴로 말없이 앉아 있었다. 창수 역시 그 옆에 앉아 멀거니 도로 건너편 아파트 단지를 바라보았다. 날이 저물고 하나둘 별이 떠오르고 있었다. 이제 곧 헤어져 각자의 집으로 돌아갈 시간이었다. 은미는 바로 앞 아파트로, 창수는 거기에서 또 15분을 걸어야 나오는 아파트로……. 빨리 무슨 말이라도 해야 할 텐데 창수의 머릿속에선 아무것도 떠오르지 않았다. 은미를 위해서 자신이 할 수 있는 게 아무것도 없는 것만 같았다. 편의점이라도 갈까? 뭐라도 좀 먹일까? 창수의 생각은 거기까지였다.

"나, 확 죽어버리려고."

은미가 물기 섞인, 그러나 화가 더 많이 묻어나는 목소리로 말했다.

"그래야 우리 엄마가 정신을 차리지."

창수는 가만히 은미의 등을 토닥여주었다. 뭘 그렇게까지야……. 그럼 난 어떡하라고…….

"우리 편의점이라도 갈까?"

창수가 말했다.

"나 정말 미치겠단 말이야!"

은미가 마치 유치원에 다니는 아이처럼 어깨를 흔들면서 말했다.

"전학 가기 싫다고! 전학 가기 싫단 말이야!"

은미는 기어이 두 손으로 얼굴을 가리고 울기 시작했다. 아파트 옥상의 점멸등이 켜졌다.

같은 초등학교 6학년 3반인 은미와 창수는 정식으로 사귄 지 300일이 넘은 사이였다. 그걸 모르는 6학년 학생은 아무도 없을 정도로 은미와 창수 커플은 교내에서 유명했다. 체험 학습을 갈 때도 모둠 활동을 할 때도 아이들은 으레 은미와 창수를 같은 자리, 같은 팀으로 묶어주었다. 뭐 선생님들도 다 아는 사이였으니까. 처음 고백한 사람은 은미였다. 작년 크리스마스이브를 며칠 앞두고 은미가 창수에게 톡을 보냈다. '혹시 내일모레 약속 같은 거 있니?' 창수는 별생각 없이 답했다. '아니. 근데 그건 왜?' '그래? 그럼 나랑 같이 시내 안 나갈래?' '너랑? 단둘이? 왜?' 창수가 그렇게 묻자 은미는 5분 정도 톡을 보내오지 않았다. 그러다가 다시 보낸 톡에서 은미는 이렇게 말했다. '그걸 꼭 말로 해야 아니, 이 바보야!'

은미로 말하자면 같은 학년 중에서 영어도 제일 잘하고 따로 첼로 학원과 발레 학원을 다니고 있는, 3단지에 사는 아이였다. 창수는 한 번도 3단지 안으로 들어가보지 못했지만 거긴 방이 네 칸씩 있다는 이야기를 들은 적 있었다. 은미네 아버지는 변호사였고, 엄마는 따로 직업을 갖고 있지 않다고 했다. 은미는 5학년

여름방학 때 두 달 가까이 캐나다에서 열리는 영어 캠프를 다녀오기도 했다. 그에 반해 창수는 1단지에 살고 있었는데, 거긴 방 두 칸에 거실이 따로 없는 임대 아파트였다. 아빠와 엄마는 창수가 유치원생일 때 이혼했고, 창수는 작은 김밥집을 하는 엄마와 단둘이 살았다. 언젠가 창수는 분식집 바로 옆 미용실 주인아주머니와 엄마가 하는 이야기를 우연히 들은 적 있었다. 그때 창수 엄마는 자신의 아들에 대해서 이렇게 말했다.

"그냥 개새끼 같아요. 공만 하나 던져주면 하루 종일 좋다고 뛰어다니는 개새끼."

창수는 왜 자신의 엄마는 다른 엄마들처럼 우아하고 품위 있게 말하지 못하나, 부끄럽게 생각했지만, 그렇다고 그걸 오랫동안 마음에 품고 있진 않았다. 엄마는 뭐, 장점도 많았으니까. 다른 엄마들처럼 공부하라고 잔소리를 해대거나 학원 뺑뺑이를 돌린다거나 폰 압수 같은 것은 하지 않았으니까. 그냥 너 하고 싶은 거 마음대로 하면서 살아, 너무 애쓰지도 말고. 그게 엄마가 창수에게 자주 하는 말이었다.

은미의 엄마는 달랐다. 창수는 몇 번 학교로 찾아온 은미의 엄마를 본 적 있었는데, 마치 4학년 때 담임선생님이었던 박승희 선생님을 보는 것처럼 젊고 날씬한 모습이었다. 박승희 선생님은 20대라고 했는데……. 은미의 엄마는 학교 학부모 독서 모임 회장도 맡고 있었고, 평일엔 자동차로 은미를 이 학원에서 저 학원으로 실어 나르는 일을 했다. 그래서 그랬을까? 은미의 엄마는 은미를 전학시키려 하고 있었다. 이제 곧 졸업인데, 이사도 가지 않으면서 다른 동네로 주소를 옮긴다는 것이었다.

"그래야 다른 중학교에 갈 수 있대."

"다른 중학교?"

은미의 말인즉슨 이 학교를 졸업하면 거의 다 고스란히 이 동네에 있는 중학교로 진학하는데, 은미의 엄마는 그게 마음에 들지 않는다는 것이다. 은미가 대놓고 말은 하지 않았지만, 임대 아파트 애들하고 섞여 있는 중학교가 아닌 다른 중학교……. 창수 같은 아이가 없는 여자중학교. 그게 은미네 엄마의 계획이었다.

창수는 은미를 데리고 편의점으로 갔다. 평일엔 단둘이 만날 시간도 없고 겨우 일요일 오후에나 얼굴을 보는데, 이대로 그냥 보내긴 싫었기 때문이다. 편의점 내 마련된 테이블에 앉아 창수는 불닭볶음면을, 은미는 국물 떡볶이를 먹었다. 은미는 바나나 맛 우유도 같이 마셨는데, 입맛이 없는지 괜한 빨대만 질겅질겅 씹어댔다.

"야, 구창수. 너 나 죽으면 어떡할 거야?"

창수는 입안에 불닭볶음면을 넣은 채 은미를 바라봤다.

"나? 나는…… 같이 묻어달라고 해야지……."

창수는 이마에 삐질삐질 땀이 솟아나는 것을 느꼈다.

"너 꼭 그래. 그냥 산 채로 같이 묻어달라고 해야 해!"

은미의 말에 창수는 말없이 고개를 끄덕거렸다. 얘는 첼로도 배우고 발레도 배운다면서 어쩜 말을 저렇게 무섭게 할까? 꼭 우리 엄마같이……. 하긴, 그래서 내가 좋아하는 것이기도 하지만……. 뭘 그렇게 걱정하지? 서로 다른 중학교 가도 톡하고 일요일 오후에 보고, 그러면 되는 거지. 뭘 그렇게 애를 쓰나? 창수는 그렇게 생각했지만 입 밖에 내지는 않았다. 또 무슨 말이 나올지 모르니까. 대신 창수는 은미를 보고 웃으며 말했다.

"기왕 늦은 거, 코인 노래방 안 갈래?"

그러자 은미가 팔짱을 끼며 말했다.

"야, 구창수. 우리가 뭐 애냐? 그런 거로 반항이나 하게?"

창수는 멀거니 은미를 바라보았다. 여자의 세계란, 아직 그에겐 도무지 알 수 없는 세계였다.

*

삼각김밥보단 따뜻한

정우는 나를 데리고 무작정 김밥집 안으로 들어갔다. 마침 계산대 바로 옆 주방에서 당근을 썰고 있던 용성 씨가 고개를 들었다. 용성 씨는 나와 정우를 번갈아 바라보다가 조금 작은 목소리로 "어서 오세요"라고 말했다. 어서 오세요, 라니……. 지금 이 판국에 한다는 소리가 겨우 그거란 말인가? 나는 괜스레 마음이 사나워졌다. 정우는 어쩐지 좀 거만한 목소리로 용성 씨를 향해 말했다. 여기 참치 김밥 두 줄요. 좀 빨리요. 용성 씨는 흘끔 다시 한번 내 얼굴을 바라보곤 더 작은 목소리로 말했다.

"네."

모든 게 엉망으로 꼬이기 시작한 것은 정우가 다시 나를 찾아오면서부터였다. 정우로 말하자면 나와 3년 동안 죽고 못 사는 관계로 연애했던 전 애인이었는데, 그때나 지금이나 서울에 있는 한 대기업의 인사부에서 일하고 있다. 우리는 1년 전 헤어졌다. 그건 명백하게 정우의 잘못 때문이었다. 정우가 같은 회사 내 대학 선배들과 함께 3차로 노래방을 갔고, 거기에서 여성 도우미들과 술을 마셨다고 실토했는데, 나는 그것이 도무지 용납되지 않았다. 여성 도우미와 술을 마셨다는 사실보다, 그것을 아무렇지 않게 생각하는 정우의 태도와 표정이, "나야 뭐 어쩔 수 있나, 선배들이 그러자는 걸" 하고 말하는 정우의 목소리가, 내게 더 큰 모욕으로 다가왔다. "진짜야, 난 그냥 취해서 술만 마셨다니까"라고 말하는 정우에게 나는 최대한 감정을 자제하고 말했다.

"너도 똑같은 개새끼야."

나는 그렇게 정우와 헤어졌다.

결별을 선언한 건 나였지만, 나는 그 후 꽤 심한 후유증을 겪어야만 했다. 왜 아니겠는가? 3년이라는 시간 동안 최선을 다해 사랑했던 사람이었다. 정우는 농담도 잘하고 매사 가벼운 사람처럼 보이기도 했지만 기본적으로 심성이 여리고 따뜻한 면이 많은 남자였다. 어린 시절 일찍 암으로 아버지를 여의었고 그 때문에 여러 친척 집을 전전한 상처도 가지고 있었다. 정우가 종종 실없는 농담을 하는 까닭도 그 때문이라는 것을 나는 잘 알고 있었다. 나는 그런 정우의 상처를 더 많이 보려고 노력했다. 그랬던 사람과 헤어지고 나니 도무지 무엇을 해야 할지, 무엇을 바라봐야 할지 알 수 없었다. 나는 한 달 넘게 자취방에 틀어박혀 지내다가 고향인 강원도 문막으로 내려왔다. 다니고 있던 대학원엔 자퇴서를 제출했다.

문막으로 내려온 후, 나는 아버지 어머니가 운영하는

편의점에서 오전 10시부터 오후 8시까지 일했다. 아버지가 노후 생계용으로 아파트 단지 내 상가 1층에 문을 연 편의점은 벌이가 신통치 않았다. 알바를 쓸 사정도 되지 않아서 부모님 두 분이 돌아가면서 계산대를 봤는데, 딸 덕분에 한숨 돌린다고 툭툭 내 어깨를 두들겨 주었다. 부모님은 내게 왜 대학원을 그만두었는지도 묻지 않았다. 나는 부모님이 그런 식으로 나를 위로해주고 있다는 것을 알았다.

편의점에 앉아서 나는 줄곧 정우 생각을 했다. 다시 그를 만나고 싶은 마음이 들어 몇 번인가 핸드폰을 들었다 내려놓기를 반복했다. 그가 다시 나를 찾아온다면 못 이기는 척 따라갈 마음도 여러 번 들었다. 그러나 그때마다 나는 편의점 창고를 정리했고 얼마 빠지지도 않은 물건을 다시 진열했다. 유통기한이 지나 폐기된 삼각김밥을 꾸역꾸역 먹기도 했다. 그런 내 모습이 보기 안쓰러웠는지 편의점 바로 옆 '용김밥'의 용성 씨가 포일로 감싼 김밥을 갖다주었다.

"삼각김밥보다 그래도 이게……."

용성 씨는 문막 토박이로 20대 땐 주로 배달과 택배 일을 했고, 그때 모은 돈으로 김밥집을 차린 서른다섯 살의 총각이었다. 키는 170센티미터가 안 되어 보였고, 선명한 M자형 이마를 지니고 있었다. 아버지의 말에 따르면 누구보다 일찍 김밥집 문을 여는, 보기 드물게 성실하고 손이 빠른 남자라고 했다. 나는 용성 씨가 건넨 김밥을 가만히 내려다보다가 무심코 하나 입에 넣어보았다. 김밥은 삼각김밥보다 폭신했고…… 또 무엇보다 따뜻했다. 입맛이 없었는데도 계속 용성 씨의 김밥에 손이 갔다. 하나, 하나……. 어쩌면 그게 용성 씨와 나의 시작이었는지도 모른다. 무심코 손이 가는 따뜻함.

그렇다고 용성 씨와 내가 정식으로 사귀기 시작한 것은 아니었다. 그와 몇 번 아파트 단지 주변 공원으로 산책하러 나갔고 커피도 마셨지만, 나는 쉽게 다가갈 수가 없었다. 용성 씨와 함께 있으면 별다른 말을 하지 않아도 어색하지 않았고 또 마음도 편했지만, 그 편안함이 나는 의심스러웠다. 내가 도망치려고 하는 것은 아닐까, 잊으려고 하는 마음이 더 큰 것은 아닐까……. 나는 나 자신을 믿지 못했다. 그런 나를 용성 씨는 아무 말 없이 지켜봐주기만 했다.

그런 와중에 정우가 다시 나를 찾아온 것이다. 너를 잊지 못하겠다고, 내가 무엇을 잘못했는지 이제 알았다고, 사실은 벌써 여러 번 편의점 앞까지 찾아왔다가 그냥 돌아갔다고, 정우는 거의 울먹이는 목소리로 말했다. 나는 그 말에 흔들렸던 것이 사실이다. 그냥 이쯤에서 모든 것을 되돌리고 싶다고, 용서해주자고, 매일 밤 마음을 고쳐먹기도 했다. 그 와중에도 용성 씨는 매일매일 거르지 않고 포일로 감싼 김밥을 가져다주었고…….

그러니까 정우가 나를 데리고 '용김밥'으로 들어간 것은 어쩌면 다분히 의도적인 것이었는지도 모른다. 나 몰래 편의점 앞으로 자주 찾아왔다면, 나와 용성 씨가 산책하는 모습 또한 종종 봤을 테니까. 나는 그런 정우보다도 아무 말 없이 주문만 받는 용성 씨가 더 원망스러웠다.

"점심은 김밥으로 때우고 저녁은 이따 원주 가서 먹자. 내가 거기 와인 바 예약해놨어."

정우는 조금 큰 목소리로 말했다. 나는 그런 정우의 얼굴을 가만히 바라보았다. 그러곤 계속 또각또각 당근만 썰고 있는 용성 씨의 뒷모습도 바라보았다. 나는 젓가락을 쥐고 김밥을 하나 들어 올렸다. 나는 정우의 목소리가 마음에 들지 않았다.

"꺼져, 새끼야."

정우가 김밥을 먹다 말고 멀뚱멀뚱 나를 바라봤다.

"안 들려? 꺼지라고."

나는 조금 더 큰 목소리로 말했다. 그제야 또각거리던 용성 씨의 칼질이 멈췄다.

용김밥

*

뭘 잘 모르는 남자

그는 고시원 옥상 철제 난간 앞에 서서 가만히 아래를 내려다보았다. 새벽 1시. 도로엔 지나다니는 사람 한 명 보이지 않았다. 평상시엔 전봇대 아래 쌓인 쓰레기 봉투를 노리는 길고양이들이 꼭 한두 마리씩 있었는데, 오늘은 그마저도 보이지 않았다. 태풍이 올라오고 있다더니, 과연 가로수 잎사귀들이 연신 쏴아, 쏴아, 파도 소리를 내며 흔들리고 있었다.

그는 오늘 죽기로 결심했다.

그냥 여기서 툭 뛰어내리면 끝인 거지. 그는 난간 밖

으로 고개를 삐죽 내밀어보았다. 고시원은 5층짜리 건물을 통째로 쓰고 있었다. 잘못 떨어지면 에어컨 실외기에 먼저 부닥뜨리겠는걸. 그는 난간을 잡고 조심조심 옆으로 몇 걸음 이동했다. 그리고 다시 아래를 내려다보았다. 이런, 여긴 차가 있네. 그는 그 차의 주인을 잘 알고 있었다. 고시원 같은 층 302호에 사는 40대 초반의 남자였다. 새벽 배송 일을 하고 있어서 늘 새벽 1시 반에 출근하는 남자, 그 남자는 새벽 배송을 마치면 다시 편의점 알바를 뛴다고 했다. 몇 번 고시원 공용 식당에서 그 남자가 건네는 오징어 젓갈 반찬을 얻어먹은 적도 있었다. 남한테 폐를 끼치면 안 되지. 이런 건 보험처리도 안 될 텐데……. 그는 다시 몇 걸음 옆으로 이동했다. 고시원 정문도 좀 그렇고, 여긴 옆 건물과 너무 가깝고……. 그는 옥상을 한 바퀴 빙 돌아 다시 맨 처음 자리로 돌아왔다. 신경 쓰지 말자, 죽는 마당에 그깟 실외기가 뭔 대수라고. 그는 난간 위로 조심조심 올라갔다. 한차례 세찬 바람이 불어와 그의 몸이 휘청거렸다. 그는 반사적으로 몸을 낮춰 난간 쇠기둥을 움켜잡았다.

그는 다시 느릿느릿 아래로 내려왔다.

미연이는 전화 한 통 없구나…….

그는 바지 주머니에서 핸드폰을 꺼내 보았다. 어쩜 이렇게 사람이 매정할까? 그는 난간에 기대 쪼그려 앉은 채 핸드폰 문자메시지를 다시 한번 확인했다. 그는 밤 11시부터 모두 아홉 통의 문자메시지를 미연에게 보냈다. '네 말이 전부 맞아. 난 쓰레기야. 네 마음 충분히 이해해' '이제 정말 다 끝난 거 같다. 이렇게 끝내긴 정말 싫었는데……. 너한테 제일 미안해'에서부터 '마지막으로 네 목소리를 꼭 한 번 듣고 싶었는데……. 그래도 후회는 없어' '그동안 고마웠고, 혹시 내 소식 듣더라도 너무 놀라진 말아줘. 이건 어디까지나 내 선택이니까'까지, 그는 눈물을 찔끔찔끔 흘리면서 문자를 보냈다. 그러나 미연은 단 한 통도 답장하지 않았다. 혹시 잠든 건가? 핸드폰을 잃어버리기라도 한 거 아니야? 그는 카톡까지 뒤져보며 고개를 갸우뚱거리기도 했다.

그가 미연과 헤어진 것은 보름 전의 일이었다. 헤어졌다기보다는 일방적인 통보를 받았다고 하는 게 맞았다. 그날, 미연은 그를 만나러 직접 고시원 앞까지 찾아 왔다. 하지만 그는 그 시간 고시원이 아닌 피시방에 있었다. 전화 오는 것도 모른 채 게임만 내리 세 시간을 하다가 돌아온 그는 고시원 정문 출입구 계단에 정물처럼 앉아 있는 미연을 발견했다. 사실 그런 일은 그때가 처음이 아니었다. 공시생이었던 그는 번번이 잠깐만, 잠깐만 머리를 식히러 가자, 하는 식으로 피시방을 갔고, 그러다가 자주 미연을 기다리게 했고, 그게 벌써 4년째 이어져오고 있었다. 작은 식품 회사에서 경리직으로 일하는 미연은 그날 그에게 이별을 통보한 후, 이렇게 말했다.

"네가 시험에 떨어져서 이러는 게 아니야……."

미연은 숨을 한 번 고른 후 계속 말했다.

"난 네가 나를 무시하는 거 같아. 그렇게 느끼지 않으려고 노력했는데…… 그래도 자꾸 그런 생각이 들어."

그는 그날 이후 계속 미연에게 전화를 걸고 문자를 보냈다. 내가 잘못했다고, 내가 다시 정신을 차리겠다고, 나도 좀 힘들고 답답해서 그랬다고, 이해해달라고 말했으나, 미연은 단호했다. 그는 화를 내기도 했고, 다시 애원하기도 했다. 미연에게 저녁에만 모두 100통 넘게 전화를 걸기도 했고, 퇴근 시간에 맞춰 그녀의 회사 앞으로 찾아가기도 했다. 그러면서 그는 생각했다. 혹시 다른 남자가 생겼나? 내가 뭘? 내가 뭘 무시했다는 거야? 말은 그렇게 하지만 다 시험 떨어진 거 때문에 그런 거지……. 내가 시험에 붙었어도 그런 말을 했을까? 그는 회사 밖으로 나온 미연을 보고 직접 그렇게 묻기도 했다. 하지만 미연은 그런 그를 말없이 몇 초간 노려보다가 "네 마음대로 생각해도 좋아"라는 말만 남기고 지하철역 쪽으로 걸어갔다. 그는 다시 미연을 쫓아가려고 했지만 도무지 발이 떨어지지 않았다. 자기를 보는 미연의 눈빛이 예전과 너무 달라졌다는 것을 새삼 실감했기 때문이었다.

그는 다시 옥상 난간 아래를 내려다보았다. 그러곤 다시 핸드폰 화면을 바라보다가 미연에게 전화를 걸었다. 그러나 통화는 이루어지지 않았다. 신호음이 두어 번 울리는가 싶더니 이내 '고객의 사정으로 당분간 연결할 수 없습니다'라는 멘트가 흘러나왔기 때문이다. 수신 거부를 해놨구나, 그래서 문자도 못 보는구나……. 그는 마치 무언가를 깨달은 사람처럼 자리에서 일어났다. 통화가 돼야지 마지막 말이든 뭐든 하지. 그는 마음이 조금 가벼워지는 것을 느꼈다. 태풍도 온다는데……. 그는 슬리퍼를 끌고 옥상 출입문 쪽으로 걸어갔다.

3층까지 내려와 306호, 자신의 방으로 들어가려던 그는 그때 막 출근 준비를 끝내고 나오는 302호 남자를 만났다. 그는 가볍게 인사를 했다. 302호 남자는 목에 수건을 두르고 양손엔 목장갑을 낀 모습이었다. 그것이 그 남자의 출근 복장이었다.

"벌써 나가세요?"

그는 남자에게 말을 걸었다. 남자는 목장갑을 낀 손으로 운동화 끈을 다시 묶었다.

"새벽에 일하려면 힘드시겠어요."

그가 다시 말하자 "남들도 다 그런걸요"라고 남자가

짧게 말했다.

"그래도 이게 배송 일이라는 게 참……."

그가 문 앞에 선 채 계속 말하자 남자가 힐끔 그를 올려다보았다.

"일하고 있는 사람들은 그런 말 안 합니다. 그냥 일만 하는 거지."

남자는 그렇게 말하곤 계단 쪽으로 걸어갔다. 그는 남자가 한 말을 다시 생각해봤으나, 그게 무슨 뜻인지 제대로 이해할 수 없었다. 그는 방으로 들어가서 바로 침대에 누웠다. 그는 자신의 무엇이 잘못되었는지, 그것조차 모르는 사람이었다.

*

내 인생의 영화

아니요, 형사님. 이건 어디까지나 원인 제공을 한 사람이 문제 있는 거 아닙니까? 네? 제가 아무 이유 없이 그랬겠느냐구요. 명백히 저 인간이 먼저 욕을 하고 사람 노려보고 그랬다니깐요? 그럼요, 저도 참고 참다가 그랬는데……. 아니 막말로 제가 보통 때 같았으면 그러지도 않았어요. 오늘이, 오늘이 저한테 보통날도 아니었고…….

자, 잘 들어보세요. 이게 전후 사정이 좀 복잡해요.

그걸 모르면 이해가 안 된다, 이 말씀이에요. 그러니까 오늘이, 아니지, 이제 자정도 넘었으니까 어제네요. 바로 어제가, 제가 그동안 혼자 마음 졸이면서 기다렸던 미옥이와 처음으로 극장에 간 날이었어요. 미옥이요? 지금 저 밖에서 기다리고 있는 사람이 미옥이에요, 성미옥. 제 초등학교 동창. 하, 내가 이런 것까지 다 말해야 하네……. 사실 미옥이가 제 첫사랑이거든요. 초등학교 다닐 때부터 고등학교 졸업할 때까지 쭉 한결같이 마음에 품고 있던 사람, 저한텐 그 사람이 바로 미옥이였어요. 나이요? 그러니까 미옥이와 제가 초등학교 졸업한 지 37년쯤 됐으니까, 뭐 대충 답이 나오시죠? 그게 참 생각하면 긴 세월인데……. 형사님, 그거 아세요? 제가 그 긴 세월 동안 미옥이를 잊어본 적 없다는 거 아니에요. 아니 아니, 뭐 매일같이 떠올리고 그리워하고 그런 건 아니었지만……. 왜 그런 거 있잖아요? 추운 겨울날 혼자 막히는 도로를 운전하다가 불현듯 떠오르는 사람, 소주 마시고 비틀거리면서 집으로 돌아올 때 '아, 그 친구는 지금 뭐 하면서 지낼까?' 목소리라도 들어보고 싶은 사람, 그 사람이 저한텐 바로 미옥이였어요. 그럼요, 나이가 쉰이 다 되었어도 마음만은 초등학교 졸업할 때 그 마음에서 한 치도 자라지 않은 거죠. 어디 마음이 나이를 먹나요? 세상이 먹는 게 나이지…….

아니요. 초등학교 다닐 땐 그런 용기도 못 내봤죠. 미옥이네가…… 그때 같은 동네에 살았지만 우리 집하곤 좀 급이 다른 집이었거든요. 미옥이 아버지가 그 당시만 해도 벽돌 공장을 운영하셨는데 우리 동네에서 유일하게 자동차를 몰고 다니는 분이셨어요. 집도 2층 양옥집이었고……. 그에 반해서 우리 집은 그냥 평범했죠. 아버지는 매일 짐 자전거 끌고 일 나가는 시장 번영회 말단 직원이었고요. 그러니까 뭐 사는 것도 뻔했죠. 사는 게 뻔해도…… 공부를 잘하거나 운동을 잘하거나 뭐 그런 특기 같은 게 하나 있으면 자신감도 생기고 그랬을 텐데, 전 그런 게 하나도 없었거든요. 그때 우리 학교에서 미옥이 좋다고 따라다니는 아이들이 많았는데 걔들은 하나같이 다 그런 게 있었어요. 이 친구 저 친구 미옥이 좋아한다고 떠들고 다닐 때도 그 앞에서 가만히 발끝으로 땅이나 파고 서 있는 존재. 제가 그런 아이였죠……. 그냥 땅강아지 같은 존재였어요. 거기 있는지 아무도 알지 못하는…….

고등학교 졸업하고 바로 입대해서 거기 수송부에서 덤프트럭 운전을 배웠어요. 그리고 그게 제 평생 직업이 되었구요. 이리저리 길에서 떠도는 게 적성에도 맞아서 일이 있으면 부산에서도 살고, 군산에서도 살고, 창원에서도 살고 그랬어요. 그러다 보니 이 나이 되도록 결혼도 못 하고 전국만 떠돌아다닌 거죠. 젊었을 땐 연애도 몇 번 해보고 함께 살고 싶었던 여자를 만나기도 했는데, 그냥 팔자가 그런가 봐요. 가만히 있으면 답답하고 누군가에게 감시받는 거 같고……. 그냥 혼자가 좋더라구요. 저 혼자 벌어서 누구에게 피해도 끼치지 않고 사는 게, 그게 저한텐 맞더라고요. 그렇게 전국을 떠돌다가 우연히 고향 근처 도시에서 몇 개월 아파트

신축 공사 운반을 맡아서 일했는데…… 거기 마트에서 미옥이를 딱 만난 거예요.

미옥이가…… 참 팔자도 기구한 게 그 많던 재산 일군 아버지 덕분에 아무 고생 없이 대학교 졸업하고 의사와 결혼을 했는데…… 그 친구가 문제가 좀 많았나 봐요. 얌전히 병원이나 하면 될 텐데 괜히 무슨 의료 사업이다 건강 사업이다 한답시고 자기가 모은 돈, 친척들 돈, 하다못해 처가 재산까지 야금야금 까먹더니 결국엔 사기 혐의로 교도소를 갔다는 거예요. 거기에서 나와서도 또 정신 못 차리고 계속 사기를 치고……. 미옥이가 그 친구하고 20년 넘게 살다가 몇 년 전부터 별거를 했는데…… 그러고 나니 미옥이한테 남은 건 신용불량자 딱지랑 이제 막 고등학교에 들어간 딸뿐이더래요. 마트 계산원으로 일하기 시작한 것도 순전히 그 딸 때문이었고…….

어디요? 다 미옥이한테서 직접 들은 얘기죠. 미옥이

와 우연히 만나서 서로 인사하고, 그러다가 제가 계속 찾아가니까 밥도 먹게 되고, 커피도 마시다가 그러다가 듣게 된 이야기죠. 이상한 건요, 그런 얘기를 듣게 되니까 제 마음이 더 커지더라는 겁니다. 원래 사람 밝은 면만 보면서 좋아하면 그게 어디 사랑입니까? 사랑이 생기려면 상처를 봐야죠. 그 상처를 보고 나니까 매일 미옥이 얼굴만 생각나고, 마트 끝마칠 시간 되면 나도 모르게 그쪽으로 가게 되고……. 그러다가 큰마음 먹고 미옥이에게 영화 보러 가자고 한 거죠. 뭐 젊은 친구들도 연애 시작할 때 같이 영화 보고, 그러다가 슬쩍 손도 잡고 그런다고 하니까…….

그 극장에서 저 인간을 만난 거예요. 저는요, 처음에 저 인간이 미옥이 남편이 보낸 사람인 줄 알았어요. 그때가 극장 마지막 상영 시간이라서 미옥이하고 저, 그리고 저 인간밖에 없었는데…… 저 인간이 우리 뒤쪽에 앉아서 계속 카메라로 동영상을 찍는 거예요. 평상시 같았으면 저도 뭐 아무 말 안 했겠죠. 한데 미옥이가 자꾸 불안해하고 영화도 제대로 못 보고 그러는 모습을 보니까…… 저도 모르게 한마디 하고 만 거예요. 처음엔 그냥 점잖게 "거 카메라 치웁시다" 했는데…… 저 인간이 대뜸 "아이씨, 목소리 들어갔잖아!" 하면서 화를 내는 거예요. 물론이죠. 저는 애당초 그런 사람이 있다는 것도 몰랐어요. 극장에 왔으면 얌전히 영화나 볼 것이지…… 왜 그걸 촬영해서 인터넷에 팔아요, 팔길……. 네, 제가 먼저 카메라를 뺏었습니다. 미옥이가 불안해하니까, 카메라 치우라고 실랑이하다가……. 네, 그까짓 카메라값 제가 다 물어내겠습니다. 한데요, 형사님. 저 인간 죄도 똑똑히 물어주십시오. 저 인간이 오늘 훔친 건요, 그냥 영화가 아니고 제 인생의 영화였어요. 오랜 세월 기다린 영화. 그거 다 감안해서 죄를 물어달라, 이 말입니다.

POP

*

어떤 별거

"나 여기서 죽을 테니까 너도 그런 줄 알아."

태민의 아버지는 그렇게 말하면서 텔레비전 쪽으로 시선을 돌렸다. 텔레비전 바로 옆에는 전자레인지가 있었고 그 아래에는 소형 냉장고, 그 좌측에는 드럼 세탁기가 자리 잡고 있었다. 옵션으로 되어 있는 싱글 침대와 벽걸이 에어컨, 1인용 식탁도 한눈에 들어왔다.

"아이참, 아버지. 그런 말씀 좀 마시라니까요!"

태민은 일부러 텔레비전 화면을 가리면서 말했다. 텔레비전은 뉴스 채널에 맞춰져 있었다. 아버지는 고개를 길게 빼 계속 텔레비전만 바라보았다. 아버지의 얼굴이 유난히 거무튀튀해 보였다.

태민의 아버지가 멀쩡한 아파트에서 나와 대학교 앞 원룸 건물에 세를 얻어 들어간 것은 지난달 15일의 일이었다. 태민은 그 사실을 불과 일주일 전 알게 되었다.

"네 아버지 집 나갔어. 나도 이참에 아주 갈라서려고."

영상통화 도중 아버지를 바꿔달라고 하자 어머니의 입에서 냉큼 그런 대답이 돌아왔다. 어머니는 마치 노인정에 돋보기를 놓고 돌아왔지 뭐니, 하고 말하는 것처럼 심드렁하고 무심한 표정이었다. 으응? 엊그제 아버지하고 통화할 때만 해도 그런 말씀은 없었는데…….

후에 태민이 듣게 된 사건의 내막은 대강 이런 것이었다. 아버지가 15년 이상 입고 다녔던 낡은 여름 양복 재킷을 어머니가 말도 없이 헌 옷 수거함에 넣어버렸고, 그 사실을 뒤늦게 알게 된 아버지가 갑자기 당사자도 기억나지 않는 34년 전 월세 낼 돈을 잃어버린 어머니의 허술함과 낭비벽을 지적하며 화를 냈다. 질세라,

어머니 또한 아버지 집안사람들의 '쪼잔함'을 21년 전 벌초 때 있었던 '밥값 사건(아무도 밥값을 내지 않고 식당을 나와 경찰 신고까지 당했던)'을 예로 들며 반격했고, 민감해라, 평소 집안사람들 얘기만 나오면 전투력이 급상승하는 아버지는 "그래서 우리 장인어른께선 그렇게 대범해 소만 팔러 나가면 화투판을 그냥 지나치지 못했구나"로 응수했다. 오냐, 그래 그럼 우리 집안사람들의 진짜 대범함이 뭔지 보여주마, 하는 식으로 어머니는 아버지의 얼마 안 되는 옷가지를 캐리어에 담아 말없이 현관문 밖으로 내놓았고, 허허 참, 듣던 중 반가운 소리네, 지금 누가 누구 연금 때문에 먹고사는데? 거 잘됐네, 이제 나 혼자 펑펑 쓰면서 살면 되겠네, 하며 아버지는 그길로 나와, 그러나 월세가 비싼 시내 원룸은 구하지 못하고 한 달에 25만 원 하는 대학가 앞에 거처를 구한 것이었다.

태민은 생각했다. 야아, 어째 40년이 지나도 한결같을까? 태민이 초등학교 때 중학교 때 고등학교 때도 아버지는 어머니와 대판 싸움을 벌일 때마다 보름씩 한 달씩 집을 나가곤 했다. 쇼핑백이나 남루한 배낭에 속옷과 양말을 넣어서 터미널 앞 여인숙이나 그도 아니면 파출소 숙직실로(그의 아버지는 경찰이었다). 그러다가 또 월급날이나 누군가의 생일이 다가오면 아무 일 없었다는 듯 다시 집으로 들어오곤 했다. 그때야 아버지도 어머니도 서로 등부터 먼저 돌리고 나중에 천천히 감정을 삭이는 그런 나이였으니 이해 못 할 것도 없었으나, 지금 아버지의 나이는 76세, 어머니의 나이는 72세였다. 아이구, 우리 아버지 어머니, 힘도 좋으셔. 태민은 그렇게 혼잣말을 했다. 이게 무슨 추억 만들기도 아니고……. 태민은 그때까지만 해도 또 얼마 지나지 않아 못 이기듯 아버지가 다시 집으로 들어갈 줄만 알았다. 아버지가 원룸 월세를 두 달 치나 내실 분은 아니니까……. 그냥 모른 척하고 있으면 저절로 해결될 일이라고 생각했다.

"야야, 아주 편해. 텔레비전도 내 맘대로 보고, 먹고 싶을 때 먹고. 딱 좋아."

아버지가 거주하는 원룸 현관문 옆에는 빈 컵라면

용기가 석가탑 모양으로 층층이 쌓여 있었다. 그 옆으론 오와 열을 맞춘 듯 빈 즉석밥 용기와 빈 생수병도 나란히 세워져 있었다.

"그냥 아버지가 먼저 사과하세요. 아버지가 잘못했구먼, 뭘."

"야야, 그 양복이 네 할머니가 용돈 모아서 사준 옷이야. 뭘 알고 버려야지!"

"아니, 할머니가 사주셨든 증조할머니가 사주셨든 오래되면 못 입는 거지, 뭘 그래요?"

"야야, 그런 말 하려면 너도 가. 나 여기 좋아. 잠도 잘 오고 신경 쓸 일도 없고, 편해."

태민은 한숨을 한 번 내쉬고 마트에서 사 온 생수와 달걀을 냉장고에 넣어두었다. 아버지 고집을 누가 꺾으랴. 태민은 시간이 해결해주길 바랐다.

"아버지 어머니 때문에 제가 더 힘드니까, 얼른 들어가세요."

태민은 그런 말을 남기고 원룸을 나서려고 했다.

"야야, 거 가는 길에 보스웰리아 좀 사."

"보, 보…… 뭐요? 그게 뭔데요?"

"네 엄마 먹는 약 있잖아? 그거 떨어질 때 됐어. 그거나 네 엄마한테 사주고 가."

태민은 처음 듣는 약 이름이었다. 그 역시 나중에 알게 된 사실이지만 그의 아버지는 두 달에 한 번씩 꼬박꼬박 어머니의 퇴행성관절염 약을 구입하고 있었다.

태민의 어머니 역시 반응은 마찬가지였다.

"아휴, 진짜 네 아버지 머리카락 안 떨어지니까 속이 다 시원하다."

"뭐 떨어질 머리카락도 얼마 없으신 거 같더만."

"얼마 없는데 떨어지니까 문제지. 아주 더 늙어봐야 정신을 차리지."

태민은 비닐봉지에 담긴 보스웰리아를 식탁 위에 올려놓고 바로 일어서려 했다. 미리 예매해놓은 기차 시간이 다 되었기 때문이었다.

"저기 가는 길에 네 아버지 이거 좀 갖다주고 가."

어머니는 그러면서 커다란 밀폐 용기에 담긴 귀리

선식을 내밀었다.

"네 아버지 이거 아니면 화장실 못 간다. 지금 고생깨나 하고 있을 거야."

태민은 그런 어머니를 멀거니 바라보았다. 그러다가 힘없이 선식을 받아 들면서 말했다.

"네네, 갖다드려야죠. 두 분 모습이 아주 참 보기 좋네요."

태민이 그렇게 말하자 그의 어머니가 깜빡 잊었다는 듯 아버지의 전립선 약도 따로 챙겨주었다. 이게 별거입니까? 혹시 뭐 따로 편지 쓰신 거 없으십니까? 태민은 어머니께 묻고 싶은 심정이 되었다.

*

개만도 못한

찬수는 손에 잡은 리드 줄이 팽팽해지자 반사적으로 공원 입구 쪽을 바라보았다. 밤 9시를 넘겼지만, 공원 곳곳에 설치된 가로등 때문인지 입구 표지석 글자까지 선명하게 눈에 들어왔다. 이번에도 은서는 아니었다. 고등학생쯤 되어 보이는 남자아이가 스마트폰을 내려다보면서 느릿느릿 걸어 들어왔다. 은서가 아니라는 것을 알아채자 찬수는 신경질적으로 리드 줄을 잡아당겼다. 뭉치는 잠깐 저항하다가 이내 찬수 쪽으로 다가왔다. 올해 나이 네 살, 수컷 비숑프리제인 뭉치는 미용을 안 한 지 벌써 석 달째를 넘어서고 있었다. 본래 털이 많아 관리만 잘해주면 이것은 과연 강아지인가 솜사탕인가, 분간할 수 없을 정도로 어여쁜 견종인데……. 지금 뭉치의 모습은 이것은 과연 집에서 기르는 강아지인가 아니면 산에서 막 내려온 네안데르탈인인가, 고개를 갸웃거리게 할 모습으로 변해 있었다. 찬수 또한 그 모습이 마음에 걸려 공원으로 나오기 전, 그래도 목욕이라도 시키고 갈까, 망설였던 게 사실이었다. 하지만 찬수는 그 모습 그대로 뭉치의 몸에 하네스를 채우고 리드 줄을 연결했다. 뭐 그래야 마음이 더 아프지. 찬수는 그렇게 생각했다. 그런 찬수의 마음과는 상관없이 뭉치는 신이 나 보였다. 무려 열흘 만의 산책이었기 때문이다.

찬수는 오늘 밤 뭉치를 은서에게 넘길 마음을 먹고 있었다.

뭉치의 역사는 찬수와 은서의 연애의 시간과 정확히 일치했다. 연애 100일 기념으로 초밥집에서 저녁을 먹고 나오는 길에 즉흥적으로 애완견 숍에 들어가 생후 3개월이 막 지난 비숑프리제 한 마리를 안아 들었다. 그것이 바로 지금의 뭉치였다. 그때 애완견 숍에 낸 돈이 70만 원이었던가? 찬수는 때때로 그 금액을 떠올려볼 때가 많았다. 후에 찬수와 은서가 동거를 하게 되고, 각자의 세간을 합쳐 조금 더 넓은 전셋집으로 옮겨 가고, 그러다가 다시 헤어지는 과정을 거치면서 최종적으로 뭉치는 찬수와 단둘이 살게 되었다. 어쨌든 뭉치의 값은 자신이 치렀으니까. 노트북이나 세탁기, 에어프라이어와 같이 자신의 몫이라고 생각했다. 전셋집에서 나오던 마지막 날, 뭉치와 함께 차에 올라타는 찬수를 은서는 외면했다. 지난 3년 넘는 시간 동안 뭉치를 씻기고 먹이고 재운 것은 다름 아닌 은서였다. 찬수는 그런 은서가 변했다고 생각했다. 자신에 대한 애정뿐만 아니라 사람 자체가 아주 쌀쌀맞고 못돼먹은 성격으로 변했다고…….
봐라, 3년 동안 자기 새끼라며 물고 빨고 아껴줄 땐 언제고 저렇게 쳐다보지도 않는 냉정함이라니……. 찬수는 괜스레 뭉치를 더 꽉 끌어안았다. 내가 더 사랑해줄

게……. 찬수는 저도 모르게 그런 말도 중얼거렸다. 마치 자신과 뭉치가 함께 버림을 받은 처지 같았다. 그렇게 찬수는 자신의 이별을 더 슬픈 쪽으로 만들었다.

다시 리드 줄이 팽팽해져 공원 입구 쪽을 바라보니 이번엔 은서가 맞았다. 퇴근 후 바로 온 모양인지 회색 계열의 정장 차림 그대로였다. 헤어진 지 반년 만에 처음 보는 은서였다. 은서는 조금 말라 보였고, 머리카락은 조금 더 길게 자라 있었다. 은서를 본 뭉치는…… 아주 난리 법석을 떨었다. 이것이 과연 강아지인지 주유소 풍선 인형인지 분간할 수 없을 정도로 앞발을 들고 오두방정을 떨었다. 그런 뭉치의 모습을 보면서 찬수는 묘한 배신감을 느꼈다.

"정말 이럴 거야?"

은서는 찬수와 조금 거리를 둔 채 벤치에 앉으며 말했다. 그녀의 목소리에는 날이 서 있었다. 은서는 그러면서도 뭉치를 자신의 허벅지 위에 올려놓았다. 거, 정장 다 더러워질 텐데…….

"내가 뭘?"

사흘 전, 찬수는 은서에게 문자메시지를 보냈다. 사정이 생겨서 더 이상 뭉치를 돌볼 수 없게 되었다고, 어디 센터 같은 곳을 알아보고 있다는 내용이었다. 그래도 너한텐 알려야 할 거 같아서, 라는 말도 덧붙였다.

사실 그 말은 딱히 틀린 내용도 아니었다. 그는 은서와 헤어지기 이미 두 달 전, 6년 동안 다니던 통신 회사를 그만둔 상태였다. 작은 앱 개발 회사를 창업할 마음이었는데 그게 생각처럼 되지 않았고, 그 처지 그대로 애인과도 헤어진 백수가 되어버렸다. 매달 들어가는 뭉치의 사룟값과 배변 패드, 샴푸와 미용 비용까지, 그가 감당할 수준이 못 되었다.

"지금 뭉치 두고 협박하는 거잖아?"

"내가 무슨 협박을 했다고 그래……. 그냥 알려준 거지……."

"그게 그거잖아!"

은서가 처음으로 찬수의 얼굴을 정면으로 바라보았다. 찬수는 은서의 시선을 피했다.

"됐고, 얘는 내가 데리고 갈게."

은서가 다시 정면을 보며 말했다. 그녀는 작은 백에서 애완견 전용 육포를 꺼내 뭉치에게 먹였다. 뭉치는 육포를 보자 또다시…… 환장했다. 의리 없는 놈 같으니라고…….

"아, 아니지, 그건……. 뭉치는 그래도 내가 키우는 앤데……."

"센터에 맡긴다며? 그래서 나한테 데려가라고 보자고 한 거 아니야?"

"아니, 그게…… 좀 생각을 해보겠다는 거지……."

"됐어. 넌 항상 그 모양이야. 좀 변했을 거라고 생각한 내가 잘못이지."

은서는 뭉치를 안은 채 일어났다.

"뭉치는 내가 데려갈 테니까 신고하든 소송 걸든 네 맘대로 해."

은서는 그렇게 말하고 뒤돌아섰다. 그러곤 또각또각 구두 소리를 내며 멀어져갔다.

찬수는 그 모습을 멀거니 바라보다가 소리쳤다.

"나도 데려가야지!"

은서가 걸음을 멈췄다. 하지만 뒤돌아보진 않았다.

"개는 데려가면서 나는 왜 안 데려가냐구!"

찬수는 거의 울먹거리는 목소리로 소리쳤다. 그러나 은서는 끝끝내 돌아보지 않은 채 공원 입구 쪽으로 걸어갔다.

다시 벤치에 고개를 푹 숙인 채 앉아 있는 찬수 옆으로 아까 공원 입구로 들어왔던 고등학생 남자아이가 다가왔다. 남자아이가 찬수에게 은밀한 목소리로 말했다.

"아저씨, 제가 신고해줘요?"

찬수는 천천히 고개를 들고 남자아이를 바라보았다. 그러곤 말했다.

"저리 가, 이 새끼야……."

남자아이가 머리를 긁적거리다가 다시 아무 일 없었다는 듯 공원 입구 쪽으로 걸어갔다.

나도 데려가

*

재난지원금 사용법

"넌…… 날 어떻게 생각해?"

성구가 유정에게 물었다.

"뭘 어떻게 생각해?"

유정은 반찬으로 나온 양념 게장을 우물거리면서 성구를 바라보았다.

"그게…… 왜 우리, 예전엔 좀 그랬잖아……."

성구는 유정의 얼굴을 보지 않으려고 일부러 물컵을 들어 올렸다. 귓불에서 맥박이 뛰는 게 느껴졌다. 귓불아, 나대지 마라. 괜찮다, 괜찮아…….

"뭘 그랬다고 그래, 우리가?"

유정이 밥주발 뚜껑에 앙상한 게 껍데기를 올려놓으며 물었다.

"왜 학교 다닐 때 같이 밥도 먹고…… 도서관도 가고…… 자취방까지 내가 바래다주기도 하고 그랬잖아……?"

성구는 그 말을 하고 나서 목까지 홧홧해지는 것을 느꼈다. 마치 어려운 고백을 이제 막 마친 기분이었다. 그게 또 틀린 말은 아니었다.

카드 회사에서 정부의 긴급재난지원금 40만 원이 충전되었다는 메시지를 받자마자 성구가 처음 머릿속에 떠올린 것은 새 운동화도, 소고기도 아닌, 대학 동기인 유정이었다. 왜 뜬금없이 유정이 떠올랐을까? 따지고 보면 아주 뜬금없는 일은 아니었다. 성구는 시시때때로 유정을 생각했다. 말하자면 혼자 김밥천국에서 참치 김밥을 먹을 때나 알바 끝내고 터덜터덜 자취방으로 돌아올 때, 성구는 유정을 생각했고 그때마다 카톡을 열어 유정의 프로필을 확인했다. 두 번인가, 성구는 유정에게 직접 메시지를 보내기도 했다. 잘 지내니? 그냥 갑자기 네 생각 나서……. 유정도 성구의 메시지에 대꾸해주었다. 너도 잘 지내지? 언제 한번 보자. 맥주나 한잔하지 뭐. 성구는 유정이 보내온 메시지를 자주 열어보았다. 하지만 다시 유정에게 연락해 약속을 잡지는 못했다. 이유? 이유는 서른아홉 가지 정도 들 수 있겠으나, 역시나 가장 첫 번째엔 돈 문제가 있었다. 그래도 얼굴 보면 밥도 먹고 차도 마셔야 할 텐데……. 알바 대타 뛸 사람도 구해야 하고, 그러자면 하루 일당이……. 매번 그런 생각 끝에 핸드폰을 치우고 이불을 뒤집어쓰곤 했다. 그리고 그마저도 알바를 그만둔 뒤로는 아예 접고 말았다. 썸도 연애도, 마치 무슨 알바 시급처럼 숫자로 계산되었다가, 숫자처럼 사라지고 말았다. 그 감정이 긴급재난지원금과 함께 다시 찾아온 것이었다.

성구는 유정과 모교 정문 앞에서 만났다. 그들의 모교는 성구가 사는 광역시에서 버스로 한 시간쯤 떨어진 중소 도시에 있었는데, 유정은 아직도 그 도시에서 살고 있었다. 토요일 오후 3시. 흰색 마스크를 쓴 유정이 청바지에 운동화 차림으로 나타났다.

"와, 진짜 왔네?"

유정은 팔꿈치로 성구의 옆구리를 툭툭 치면서 환하게 웃었다. 따지고 보면 거의 4년 만에 보는 얼굴이었다. 유정은 머리가 좀 길어진 것 빼곤 변한 게 거의 없어 보였다.

"뭐 돈 꾸러 온 건 아니지?"

유정은 그 말을 하면서 마스크를 벗었는데, 그러곤 혀를 장난스럽게 삐쭉 내밀기도 했다. 그 바람에 성구는 긴장이 풀리게 되었다. 마치 예전 대학교에 다닐 때처럼 모든 게 제자리로 돌아간 듯한 기분이었다. 아아, 좋구나. 정부가 이렇게 나를 도와주는구나, 이런 데 쓰라고 긴급재난지원금도 주는 거구나……. 성구는 유정과 함께 천천히 캠퍼스 안을 걸었다. 캠퍼스는 썰렁했지만, 그래서 한편으로 어떤 무대장치처럼 느껴지기도 했다. 이건 뭐 우리 두 사람을 위해 마련된 장소구나.

조명도 좋구나. 성구는 무덤덤하게 서 있는 플라타너스에도 괜스레 고마운 마음이 들었다.

"그거야 네가 불쌍해 보여서 그랬지……."

유정은 다시 젓가락으로 잡채를 집어 들며 말했다. 큰맘 먹고 들어온 학교 앞 돼지갈빗집에도 손님은 없었다. 예전엔 알바생을 세 명이나 쓰던 집이었는데……. 사장은 카운터에 앉아 멀거니 예능 프로그램을 보고 있었다. 사장의 얼굴은 무표정했고, 그래서 조금 안쓰러워 보였다.

"네가 그때 친구도 한 명 없었잖아?"

"그게…… 전부야?"

성구의 말에 유정이 '그럼 뭐가 더 있어?'라고 되물었다.

"그럼 지금은? 지금도…… 그래 보여?"

성구가 그렇게 묻자 유정은 조금 뜸을 들이다가 말했다.

"지금은 뭐…… 나도 불쌍한 처지니까."

유정은 며칠 전부터 인강으로 다시 공무원 시험 준비를 시작했다고 한다. 긴급재난지원금을 거기에 썼다고 했다. 집에서 그걸 혼자 듣고 있자니, 자기가 정말 혼자가 된 기분이라고 했다.

"야야, 밥이나 먹자. 그런 얘기 해서 뭐 하니?"

유정은 말을 끊었다.

성구는 유정과 돼지갈빗집 앞 버스 정류장에서 헤어졌다. 커피라도 마실까 했는데 유정이 됐다고 했다. 밤 9시부터 저녁 공부를 시작하는데, 그 루틴을 깨고 싶지 않다고 했다.

"그래, 그럼……."

성구가 고개를 끄덕이자 유정이 어깨를 툭 치면서 말했다.

"너도 그러지 말고 경찰 공무원 준비하는 게 어때? 넌 친구가 없어서…… 누구 봐주고 뇌물 받고 그러진 않을 거 아니야?"

성구가 말없이 유정을 바라보자, 유정이 환하게 웃으

면서 "농담이야, 농담" 하고 말했다.

성구는 다시 버스를 타고 광역시로 돌아오면서 계속 유정의 말을 떠올렸다. 불쌍해 보여서, 불쌍해 보여서……. 그러면서도 한편 성구는 계속 핸드폰을 바라보았다. 왜 문자가 안 오는 거지? 긴급재난지원금을 쓰면 문자가 오는데……. 왜 돼지갈빗집에서 쓴 6만 원은 안 오는 거야? 이게 혹시 거주지 밖에서 써서 그런 건가? 그 생각을 하면서도 계속 불쌍해 보였다는 유정의 말이 떠오르고…… 그러면서도 또 핸드폰을 바라보고…….

성구는 둘 중 뭐가 더 서글픈 일인지 알 수 없었다.

*

이별 택시

택시 운전대를 잡을 때마다 누군가를 꼭 만날 것만 같은 예감이 든다. 정작 아는 누군가를 만나면 모르는 척 더 깊숙이 선글라스를 눌러쓸지도 모르지만, 그래도 누군가를 기다리는 마음 그 자체를 감출 수는 없다.

그 누군가는 아마도 아내이겠지……. 12년 전 운영하던 IT 회사가 부도났을 때, 무언가에 쫓기듯 이혼 서류에 도장을 찍고 헤어졌던 아내……. 그다음 해부터 회사 택시 운전을 시작했으니, 이 기다림도 벌써 10년이 넘었다. 아내가 내 택시에 탄다면…… 그때 나는 무슨 말을 하게 될까? 미안하다고 할까, 보고 싶었다고 할까. 그 말이 무엇이 되었든, 나는 그 말을 할 수 있게 되길 바라고 또 바란다.

"아무 데나 가주세요."

새벽 1시 무렵 공덕역 부근에서 탄 30대 중반의 남자는 대뜸 그렇게 말했다. 술 냄새가 좀 나긴 했지만, 목소리는 멀쩡했고 또 한 손으론 어딘가로 계속 전화를 걸고 있었다. 아무 데나, 아무 데나……. 이 친구도 영화나 드라마 좀 봤나 보네. 영화나 드라마가 아닌 현실에서 그렇게 아무 데나 가달라고 하면…… 택시야 고맙지. 가뜩이나 월요일 새벽으로 넘어가는 이 시간엔 손님 한 명 만나기 어려운 법. '아무 데나'가 아니라 어디라도 가야지. 나는 아무 말도 묻지 않고 곧장 파주 방면 강변북로로 올라탔다. 이대로 문산까지만 갔다 오면 좋으련만. 슬쩍 그런 기대도 했다.

"정하야, 정하야, 제발 전화 좀 받아."

양화대교 옆을 막 지났을 때였나, 뒷좌석 남자가 전

화기를 든 채 혼잣말을 했다. 남자는 어딘가로 끊임없이 전화를 걸고 있었지만…… 연결은 잘 안 되는 것 같았다. 그때 낌새를 알아차렸으면 어땠을까? 하지만 나는 그러지 못했다. 그저 별일 아니라고 생각했다. 계속 문산까지 미터 요금만 머릿속으로 계산했을 뿐이다.

남자는 일산 초입부터 잠잠해졌다. 흘깃 룸미러를 쳐다보니 남자는 머리를 뒷문 유리창에 기댄 채 잠들어 있었다. 아무 데나 가달라고 했으면서 잠들면…… 그건 좀 불안한 신호였다. 잠에서 깬 뒤 아무것도 기억하지 못한다면? 술 마신 채 잠들면 쉽게 일어나지도 못하는데……. 나는 조금씩 불안해지기 시작했다. 남자의 숨소리가 일정해질수록 술 냄새도 더 짙어졌다.

결국 나는 킨텍스IC로 진입해서 주유소 바로 앞에 택시를 세웠다. 이쯤에서 한 번 남자를 깨우는 게 나을 것 같았다. 다시 돌아가달라고 한다면 그것도 나쁘지 않다고 생각했다. 미터기 요금은 이미 3만 원을 넘었으니까 이 정도면 충분했다. 하지만…… 남자는 좀

처럼 일어나지 않았다. 이거 봐요, 손님. 좀 일어나봐요. 아무리 어깨를 잡고 흔들어봐도 소용이 없었다. 남자는 아예 뒷좌석에 모로 눕기까지 했다. 언제 벗었는지 구두 한 짝이 조수석 아래로 들어가 있는 것이 보였다. 아, 이러면 곤란한데……. 나는 뒷좌석 문을 연 채 어두운 밤하늘을 한 번 올려다보았다. 일산에서 나온 차들이 빠른 속도로 자유로 쪽으로 달려 나가는 것이 보였다. 그냥 경찰서로 가야 하나? 아, 그럼 또 문제가 복잡해지는데……. 당장 오늘 사납금은 또 어쩌나……. 그런 생각을 하고 있을 때, 남자의 핸드폰이 울렸다. 남자가 앉아 있었던 좌석 바닥에 떨어져 있던 핸드폰, 그 핸드폰 액정에 '예쁜 우리 자기'라는 글자가 떴다. 이 사람이 아마도 '정하'라는 사람이겠지……. 나는 핸드폰을 집어 들었다.

"너, 왜 자꾸 전화하니? 이제 우리 전화 안 하기로 했잖아? 응?"

전화를 받자마자 여자는 대뜸 그렇게 말했다. 말을 알아듣기는 했지만, 여자의 혀는 잔뜩 꼬여 있었다.

"아니, 저기 저는 그 사람이 아니고요……."

"하, 그래……. 이제 내가 아는 그 사람이 아니라 그 거지……. 근데 전화는 왜 했어! 왜 전화했냐구! 네 전화 때문에 나 또 이렇게 술 마셨잖아!"

아이씨, 말 좀 했으면 좋겠는데……. 여자는 도무지 대화할 상태가 아닌 것 같았다. 한 사람은 내 택시에 잠들어 있었고, 또 한 사람은 한 번도 본 적 없는 나에게 화를 내고 있었다.

"아니, 그게 아니라, 이 손님이 취해서 집이 어딘지 알 수가 없어서요."

"너, 그새 우리 집도 잊은 거야? 그런 거야? 너, 다른 사람 생겼니?"

아아, 그냥 경찰서로 갈까……. 나는 핸드폰을 들고 있던 손에 힘을 주었다.

"정발산역 4번 출구 H 오피스텔 402호! 그걸 왜 네가 몰라! 네가 이삿짐도 다 날라줬으면서!"

나는 전화를 끊자마자 바로 정발산역 쪽으로 택시를 몰았다. 먼 곳이었다면 그냥 경찰서로 갔을 테지만, 정발산역은 채 10분도 걸리지 않는 곳이었다. 서로 얼굴을 보든 말든, 택시비를 받든 말든, 남자를 그곳에 내려줄 생각이었다. 너희 둘, 그냥 다시 만나라. 자꾸 이렇게 애꿎은 택시 기사들 괴롭히지 말고……. 마음 같아선 그 말도 해주고 싶었지만, 우선은 남자부터 해결하는 게 먼저였다.

정발산역 근처에 도착해서 천천히 4번 출구를 찾고 있는데, 뒷좌석에서 부스럭거리는 소리가 들렸다. 그러더니 이내 멀쩡한, 아까와는 다른 남자의 목소리가 들려왔다.

"뭐야? 왜 여기 와 있는 거야?"

나는 룸미러로 남자의 얼굴을 보았다. 남자는 어리둥절한 표정이었다.

"아니, 아까 손님이 잠들어서……."

"제가 아무 데나 가달라고 했잖아요? 여긴…… 아무 데나가 아닌데……."

"제가 그래서 아무 데나 가고 있었는데…… 전화가

와서……."

"아저씨, 정하 알아요? 정하가 아저씨한테 시킨 거예요?"

"아니, 제가 정하가 누군지 알고……."

"아, 됐구요, 아저씨 빨리 차 돌려요, 차 돌리라구요!"

아이씨, 이것들이 진짜…….

나는 택시 운전대를 잡을 때마다 누군가를 꼭 만날 것만 같은 예감이 든다. 예감은 늘 예감에 그치지만, 오늘도 나는 그 마음으로 택시 운전대를 잡는다.

1KM
우리
자기
TAXI
XXX

*

독감

민규는 도통 일이 손에 잡히질 않았다.

오전 10시부터 회의가 이어졌고, 점심엔 신규 렌털 대리점 사장들과 식사 약속이 잡혀 있었다. 국내 굴지의 정수기와 복사기, 에어컨 회사의 광역 총판 운영팀장을 맡고 있는 민규로선 중요한 업무 중 하나였다. 민규는 식사 중간 예은이에게 전화를 걸기도 했다. 하지만 예은이는 전화를 받지 않았다. 민규는 내색하지 않으려 했지만, 저도 모르게 툭, 물컵을 쏟아 양복바지를 다 적시고 말았다. 그것이 마치 어떤 징조처럼 그를 더 불안하게 만들었다.

오후 2시가 다 되어서야 그는 본부장에게 양해를 구하고 겨우 회사 밖으로 빠져나올 수 있었다. 회사에서 집까지는 아무리 빨리 가도 40분은 넘게 걸렸다. 그는 한 손으로 운전대를 잡은 채 스피커폰으로 전화를 걸었다. 예은이는 계속 받지 않았다.

이제 초등학교 3학년인 민규의 딸 예은이는 그제 오후부터 열이 올랐다. 퇴근길에 영어 학원으로 예은이를 데리러 간 민규는 딸의 얼굴을 보자마자 상태가 심각하다는 것을 알아챘다. 뺨 부위가 벌겋고 눈도 제대로 뜨지 못했다. 이마뿐만 아니라 온몸이 마치 한증막에서 막 걸어 나온 사람처럼 뜨끈뜨끈했다.

"예은아, 아파?"

"응, 목도 따끔거리고 다리도 아파."

민규는 곧장 대형 마트 부근에 있는 아동 전문 병원으로 차를 몰았다. 그곳은 직장인 엄마 아빠들을 위해서 밤 9시까지 진료를 보는 곳이었다. 2년 전에도 민규는 예은이를 안고 그곳을 찾은 적이 있었다. 물론 그때는 민규와 예은이 둘만 동행한 것은 아니었다.

젊은 의사는 예은이의 상태를 보자마자 독감 검사 키트를 꺼냈다. 결과는 B형 독감. 의사는 빨간 줄이 그어진 키트를 민규에게 보여주면서 말했다.

"5일 동안 격리하셔야 하고요, 타미플루 처방해드릴게요."

"격, 격리요? 그럼 학교는……?"

"당연히 못 가죠. 저희가 진단서 발급해드립니다."

민규는 6개월 전부터 아내인 혜진과 별거 상태였다. 그것도 보통 별거가 아닌 국외 별거 상태. 혜진은 2년 전부터 꾸준히 디자인 유학을 말해왔지만 민규가 반대했다. 아니, 너한텐 그게 좋다지만 나는? 나는 그럼 로마 가서 뭐 하라고? 피자 만들라고? 혜진은 그럼 자기 혼자만 다녀오겠다고 했다. 독하게 마음먹으면 3년이면 끝난다는 말도 했다. 민규는 그것도 반대했다. 아니, 그럼 우리 예은이는? 넌 정말 너밖에 모르는구나? 말은 그렇게 했지만…… 민규 또한 혜진에게 그것이 얼마나 좋은 기회인지 잘 알고 있었다. 혜진이 보낸 포트폴리

오만으로도 바로 입학 허가가 났을 정도니……. 하지만 뭐 누군 좋아서 정수기 렌털 회사 다니는 줄 아나? 누군 예술 할 줄 모르나? 민규는 혜진이 계속 고집을 꺾지 않자 "갈 테면 아예 이혼 도장 찍고 가라"며 화를 냈다. 그 정도면 포기할 줄 알았는데……. 혜진은 정 그걸 원한다면 그렇게라도 하고 가겠다고 말했다. 민규는 혜진이 로마로 떠날 때까지 이혼 서류를 내밀진 않았지만, 서서히 마음을 굳혀가고 있었다. 우리 딸, 내가 남부럽지 않게 키울 거야. 민규는 자주 그 말을 중얼거렸다.

집에 도착하자마자 민규는 예은이의 이름을 크게 불렀다. 어제는 결근까지 하면서 곁을 지켰지만, 오늘은 차마 그럴 수가 없었다. 죽도 사다 놓고 과일도 사다 놓았지만 이제 겨우 초등학교 3학년이었다. 더군다나 타미플루가 좀 독한 약이던가. 그것 때문에 계속 전화를 걸었지만 받질 않으니……. 왜 나는 옆에 도와줄 사람 한 명 없단 말인가? 민규는 괜스레 일찍 돌아가신 어머니까지 원망스러웠다.

하지만 현관에서 급하게 신발을 벗던 민규는 무춤 그 자리에 멈춰 섰는데, 거기에 웬 낯선 운동화 한 켤레가 놓여 있었기 때문이다. 그러거나 말거나 계속 예은이의 이름을 부르며 거실로 들어간 민규는 또 한 번 우뚝 멈춰 설 수밖에 없었는데, 마스크를 한 예은이가 웬 낯선 남자아이와 함께 소파에 앉아 노트북으로 유튜브를 보고 있었기 때문이다.

"어, 아빠. 왔어?"

예은이가 인사하자 옆에 앉아 있던 남자아이도 주춤 일어서서 꾸벅 고개를 숙였다. 안경을 쓴, 머리가 짧은 남자아이였다.

"너 왜 전화 안 받아? 아빠 걱정했잖아."

민규는 남자아이를 본체만체 짜증 섞인 목소리로 말했다.

"미안. 침대 옆에 진동으로 해놔서."

"근데 얜 누구니?"

민규는 소파에 앉지 않고 계속 거실에 선 채 물었다.

"응. 우리 반 박지호인데, 문병 온 거래."

자세히 보니 거실 테이블엔 베지밀 한 병과 하리보 젤리 한 봉지가 놓여 있었다.

"어 그래. 고맙긴 한데…… 우리 예은인 지금 누구 만나면 안 되는데……. 의사 선생님이 옮는다고 그래서……."

민규가 그렇게 말하자 남자아이가 곧장 소파 옆에 있던 자신의 책가방을 어깨에 멨다. 그러곤 다시 꾸벅 고개를 숙이고 현관문 쪽으로 걸어갔다.

"나중에 예은이 다 나으면 그때 또 보자."

민규는 남자아이를 엘리베이터 앞까지 배웅했다.

다시 거실로 돌아오자 예은이가 혼자 쿡쿡 웃어댔다.

"쟤 진짜 갖고 갔네."

"뭘?"

민규는 계속 뾰로통한 목소리로 말했다. 혼자 있으면서 남자아이를 집에 들이다니…….

"내가 쓰던 마스크 말이야. 그걸 자꾸 하나만 달라고 해서……."

"네가 쓰던 마스크?"

"응."

"그걸 왜?"

"몰라. 자기도 나처럼 아프고 싶다고."

이것들이 진짜……. 니들이 무슨 사귀는 사이냐? 니들이 무슨 콜레라 시대의 사랑이야? 독감 환자 마스크를 왜?

"학원 가기 싫어서라는데…… 난 알지. 쟤가 날 좋아하는 거."

민규는 계속 혼자 쿡쿡거리며 웃는 예은이를 멀거니 바라보다가 느닷없이 아내의 얼굴이 보고 싶어졌다. 언젠가 민규도 그랬던 시절이 있었다.

*

사랑은 그렇게

남수는 살고 있는 원룸에서 도보로 5분 정도 걸리는 호수 공원에 나가 종종 조깅을 하거나 산책을 하곤 했는데, 그러다가 그만 사랑에 빠져버리고 말았다. 상대는 남수와 마찬가지로 주말 오후에 호수 공원으로 나와 산책을 하는 포니테일 머리를 한 여자였다. 그녀의 어떤 점이 남수로 하여금 사랑에 빠지게 만든 것일까? 물론 그녀의 외모가 큰 역할을 한 것은 분명했다. 그녀는 늘 완벽하게 화장을 한 얼굴이었는데, 그래서 호수 공원에 나와 있는 다른 여자들, 일테면 야구 모자를 쓰거나 후드티 모자를 뒤집어쓴 여자들 사이에서 단연 돋보였다. 속눈썹에 립스틱, 그리고 작은 귀걸이까지. 그대로 출근한다고 해도 전혀 이상하지 않은 얼굴이었다. 입고 나오는 트레이닝복도 매주 달랐다. 검은색 레깅스에 흰색 면 티셔츠 차림으로 나온 적도 있었고, 핑크색 벨벳 소재의 상하 맞춤 트레이닝복 차림일 때도 있었다. 하지만 그런 외모보다도 남수로 하여금 일주일 내내 그녀 생각에 빠지게 만든 것은 다름 아닌 목소리였다. 지난 초가을이었던가, 호수 공원 중간 무렵 공터에 있는 체육 시설에서 오금 펴기를 하던 남수는 그녀의 목소리를 가까운 거리에서 듣게 되었다.

"몽이야, 발! 몽이 발 주세요, 얼른 주세요."

여자는 산책을 나올 때마다 매번 토끼보다 조금 큰 흰색 몰티즈 한 마리와 동행하곤 했는데, 그 강아지에게 하는 말을, 그 목소리를 듣게 된 것이었다. 그 목소리는 뭐랄까, 한겨울 아침 문을 나섰을 때 비로소 보게 된 간밤의 눈처럼 맑고 깨끗했다. 그 목소리가 남수의 마음속에 남았다. 그날 남수는 힐끔힐끔 벤치 쪽을 쳐다보면서 쉬지 않고 계속 무릎을 폈다 구부리길 반복했다. 나중엔 허벅지 쪽에 경련이 일어나고 종아리에 쥐가 났지만, 오금 펴기 의자에서 일어나지 않았다. 몽이야, 발을 주지 마렴. 계속 거기 앉아 있으렴. 남수는 자신의 허벅지를 주무르면서도 그렇게 중얼거렸다.

그렇게 두 달쯤 지난 어느 날, 남수는 마트에서 장을 보고 돌아오는 길에 충동적으로 애견 숍에 들러 작은 비숑 한 마리를 샀다. 이제 막 생후 3개월이 지난 수놈이었는데, 남수가 몇 번 머리를 쓰다듬어주자 턱, 작은 앞발을 손바닥 위에 올려놓았다. 그걸로 끝이었다. 남수는 다른 강아지들은 쳐다보지도 않고 카드 결제로 비숑의 값을 치렀다.

"바로 산책해도 되나요?"

남수는 딱 그 말만 물었다. 애견 숍 주인은 5차 접종이 모두 끝나는 한 달 후면 가능하다고, 카드 영수증을 내주면서 대답했다. 한 달, 한 달 후. 남수는 오직 그 말만 기억했다.

그때까지 단 한 번도 애완견을 키워본 적 없던 남수는 그러나 그 한 달 동안 끔찍한 육체노동과 정신적 스트레스에 시달려야만 했다. 원룸이 작아서 플라스틱 울타리를 제대로 설치할 수 없었던 이유도 있었지만, 강아지 자체가 너무 활발했다. 출근할 땐 혼자 방에 남는 강아지가 애처로워 자주 뒤돌아보았지만, 퇴근해서 돌아와보면 한숨밖에 나오지 않았다. 원룸 안은 매일매일 그야말로 난장판이었다. 침대 이불 위에 쉬를 하지 않나, 멀쩡한 남수의 바지 밑단을 다 뜯어놓질 않나, 책장에 꽂아둔 책을 다 찢어놓지 않나. 남수는 정신이 하나도 없었다. 평상시 같았으면 퇴근 후 가만히 침대에 누워 한 시간이고 두 시간이고 텔레비전을 보면서 시체처럼 지내던 남수였는데, 그런 패턴이 모두 바뀌게 된 것이었다. 사흘에 한 번씩 목욕을 시키고, 배변 패드 옆에서 기다렸다가 제대로 쉬를 하면 간식을 주고, 하루에 두 번씩 원룸 바닥을 깨끗이 청소하고……. 그 일을 하루도 빠짐없이 반복했다. 이게 뭔가? 왜 내가 이 고생을 사서 해야 하는가? 남수는 헤어드라이어로 강아지의 털을 말려주면서 그런 생각을 했다. 하지만 그 일을 멈추진 않았다. 가만히 강아지의 까만 눈동자를 바라보는 일 또한 멈추지 않았다. 누군가의 밥을 주고 똥을 치워주는 일.

한 달이 지나고, 5차 접종까지 끝낸 바로 그 주말. 남수는 자신이 키우는 강아지와 함께 산책을 나갔다. 첫 산책이어서 그랬는지 강아지는 자주 멈칫했고, 사람들이 다가오면 바로 남수의 다리 뒤로 숨었다. 그때마다 남수는 제자리에 서서 한참 동안 강아지를 기다려주었다.

남수는 호수 공원 중간 무렵에서 그녀, 몽이의 주인을 만났다. 그녀는 여전히 완벽하게 메이크업을 한 얼굴이었고, 허리선이 잘록 들어간 아웃도어 점퍼를 입고 있었다. 오랜만에 그녀를 보자, 남수의 가슴도 다시 뛰었다.

"어머, 얜 완전 아기네요. 아이고, 귀여워라."

그녀는 남수의 강아지를 보자마자 마치 잘 알고 지내던 아이를 만난 것처럼 그 앞에 쪼그려 앉았다. 남수는 강아지 끈을 손에 쥔 채 그녀 옆에 섰다. 아, 뭐라고 말해야 할까? 처음부터 너무 살가운 척을 하면 티가 나려나……. 남수가 머릿속에서 온갖 상상을 하고 있을 때, 그녀의 강아지 몽이가 사납게 짖기 시작했다. 남수가 재빠르게 제지하지 않았다면, 아마 남수의 강아지는 물리고 말았을 것이다. 이상한 일이 벌어진 것은 그때였다. 남수는 버럭, 자신도 모르게 여자에게 성질을 냈다.

"조심하셔야 할 거 아니에요! 가뜩이나 어린애인데!"

남수는 그렇게 말하면서 자신의 강아지를 품에 안았다. 남수의 목소리가 너무 커서 지나가던 사람들이 모두 여자 쪽을 바라보았다. 여자는 무안해진 표정으로 자신의 강아지 몽이를 안아 올렸다. 그러곤 아무 말 없이 짧은 묵례만 남긴 채 반대쪽으로 걸어갔다. 그 뒷모습을 보면서 남수가 아차, 후회를 했느냐 하면 그건 또 아니었다. 남수는 품에 안긴 강아지를 계속 쓰다듬으면서 작게 말했다.

"괜찮아, 괜찮아. 아빠가 너 평생 지켜줄게."

남수는 자신이 왜 이렇게 됐는지 알 길 없었으나, 자

신에게 안긴 강아지가 그 누구보다도 사랑스러운 존재가 된 것만큼은 확실히 알 수 있었다. 자신이 밥을 주고 똥을 치워주는 존재.

*

여수에서

상술 씨는 처음부터 모든 게 마음에 들지 않았다. 하나뿐인 딸도, 그런 딸 편을 들어주는 아내도, 그들과 함께 여름 끝자락에 가는 가족 여행도 내키지 않았다. 이건 뭐 꿍꿍이가 뻔하지 않은가? 더 이상 얼굴도 보고 싶지 않고, 함께 있으면 속만 더부룩해지는 사람과 2박 3일 여수 여행이라니……. 그게 무슨 가족 여행인가? 상술 씨는 출발하기 바로 전날인 어제까지도 반대했다. 정 그렇게 가고 싶으면 네 엄마랑 너랑 같이 가. 난 안 가. 퇴근한 딸이 다시 한번 말을 꺼냈을 때도 상술 씨는 등을 돌리고 화초에 물만 주었다. 그러지 말고 그냥 갑시다. 그 사람이 기차표도 숙소도 다 예약해두었다는데, 그 정성을 봐서라도……. 아내도 말을 보탰지만 상술 씨는 묵묵부답, 그냥 안방으로 들어가버렸다. 그러자 마루에서 다시 아내가 "냅둬라, 그냥 우리끼리 가면 되지. 하여간 고집은" 하고 신경질을 내는 목소리가 들렸다. 으이구, 저렇게 손발이 안 맞아서야……. 상술 씨는 딸보다 아내가 더 원망스러웠다. 자기도 분명 마음엔 들지 않는다고 한숨만 내쉬던 사람이……. 서로 같은 목소리를 내도 될까 말까인데, 이거야 원. 상술 씨는 일찍 불을 끄고 침대에 누워버렸다.

그런 상술 씨가 여행에 따라나선 것은 엄밀히 말해서 자의적인 선택은 아니었다. 아침 일찍부터 딸의 남자 친구가 부모님을 모시고 가겠답시고 집 앞으로 찾아왔고, 상술 씨가 아예 만나주지도 않자 대문 앞 골목길에 다짜고짜 무릎을 꿇은 것이었다. 상술 씨의 집은 재개발 예정인 다세대주택 밀집 구역에 있었다. 옆집 설거지하는 소리도 다 들리는 마당에 저렇게 "아버님

같이 가주세요"라고 떠들어대고 있으니……. 아니, 저건 도대체 어디에서, 누구한테 배운 거란 말인가. 내가 지금 누구 때문에 하나뿐인 딸과도 서먹해졌는데……. 상술 씨는 내키지 않았지만 동네 사람들 보기 민망해서 대충 옷을 챙겨 입고 밖으로 나왔다. 그가 나오자마자 딸의 남자 친구는 활짝 웃는 얼굴로 큰절을 올렸다. 아아, 이거야 원, 이 친구가 텔레비전에서 무슨 사극만 봤나? 상술 씨가 인상을 찌푸렸다. 그러거나 말거나 딸의 남자 친구는 자리에서 일어나 또 한 번 절을 올리려고 했다. 마크 대니얼 밀리언. 호주에서 온 딸의 남자 친구였다. 딸이 마크를 말리고 나섰다.

여수엑스포역에 내리자마자 딸과 마크는 상술 씨 부부를 데리고 오동도 쪽으로 향했다. 그곳 근처에 있는 해상 케이블카를 타는 게 첫 번째 일정이라고 했다. 딸과 마크는 상술 씨 부부가 옆에 있든 말든 팔짱을 끼고 뽀뽀를 하고 함께 셀카를 찍으면서 웃어댔다. 그의 아내도 함께 사진을 찍었지만, 상술 씨는 멀찍이 떨어져서 다른 곳만 쳐다보았다. 가끔 지나다니는 사람들이 딸과 마크를 힐끔거리는 것을 바라보기도 했다. 그때마다 상술 씨는 킁, 혼자 헛기침을 했다. 애지중지 키운 딸이었다. 딸은 어린 시절부터 학원 한 번 보내지 않았는데도 공부를 곧잘 했다. 부모 속깨나 썩인다는 사춘기 시절도 조용히 지나갔고, 대학도 재수 없이 턱 한 번에 붙어버렸다. 대학 등록금은 또 어떻고. 패스트푸드점에서 알바를 하면서도 매번 장학금을 받아 오니, 내가 부모 덕은 못 봤어도 자식 복은 있구나, 상술 씨는 그 자부심으로 살아왔다. 그런 딸이었기에 대학 졸업 후 호주로 어학연수를 떠난다고 했을 때도 반대 한 번 없이, 오냐 이번엔 아비가 도와주마, 하면서 유학원 비용도 전액 부담한 것이었다. 1년 후 돌아오면 대기업 입사도 알아서 척척 해낼 테지, 그렇게 믿었는데…… 그런 딸이었는데……. 이게 웬걸, 어학 성적표 대신 호주 남자를 데리고 왔으니……. 상술 씨는 속이 상하지 않을 수가 없었다.

해상 케이블카 매표소에서 30분 정도 줄을 서고 기

다린 후에 상술 씨 일행은 케이블카에 올라탔다. 마크가 예약한 케이블카는 바닥 전면이 유리로 되어 있는 '크리스털 케이블카'였는데, 그게 좀 말썽이 되었다. 상술 씨는 군대 시절 레펠 훈련을 받다가 허리를 다친 적이 있었고, 그때부터 심하진 않았지만 약간의 고소공포증을 지닌 채 살아왔다. 아내가 원하는데도 그가 끝까지 아파트로 이사 가지 않은 이유도 바로 그 때문이었다. 그런 사람이 선뜻 케이블카에 오른 것은 딸에 대한 서운함 때문에 계속 등 돌리고 주위를 살피지 않은 탓도 있었고, 이런저런 심란한 마음 때문에 그저 아내가 이끄는 대로, 딸이 가자는 대로, 기계적으로 움직인 탓도 있었다. 정신을 차려보니 그들 일행을 태운 케이블카는 이미 출발했고, 바닥은 마치 아무것도 깔리지 않은 허방처럼, 속이 뻥 뚫린 자루처럼, 바다와 도시와 산을, 그 높이를, 그대로 보여주었다.

"ㅇㅇㅇ……."

상술 씨는 두 눈을 질끈 감았지만, 입에선 저절로 신음 같은 것이 튀어나왔다. 마음에 들지 않는 딸의 남자 친구 앞인데, 약한 모습 보이면 안 되는데, 하지만 어지럼증이, 손 떨림이, 마음보다 앞서 나타났다.

"아버님, 무엇입니까?"

마크가 상술 씨 앞에 다가와 더듬더듬 물었다. 그의 아내와 딸도 상술 씨의 상태가 심상치 않다고 느꼈는지 한마디씩 했다. 괜찮아요? 아빠, 왜 그래요? 하지만 상술 씨에겐 그 말들이 별다른 도움이 되지 않았다. 오히려 가족과 함께 아래로 추락할까 봐, 그게 더 두렵게 다가왔다.

"아버님, 내 손을 잡아라."

마크가 아내 대신 상술 씨 옆자리로 옮겨 왔다. 그러곤 덥석, 상술 씨의 손을 잡았다. 그 와중에도 상술 씨는 그의 손을 뿌리치고 싶었으나, 이게 웬걸, 바람에 케이블카가 흔들릴 때마다 무의식적으로 마크의 손을 더 꽉 부여잡았고, 엉덩이도 마크 쪽으로 더 바싹 붙여 앉았다. 그때마다 마크는 미동도 하지 않고 상술 씨의 몸을 온몸으로 지탱해주었는데, 그래서 마치 우는 아이를 달래고 있는 모습처럼 보이기도 했다. 상술 씨는 어서 빨리 이 상황이 끝나기를 속으로 바랐으나, 또 한편 딸이 왜 이 외국 청년에게 마음을 빼앗겼는지 조금은 짐작할 수 있었다.

케이블카가 반대편에 도착하자 마크는 상술 씨를 부축해서 밖으로 나왔다.

"문제가 있어요. 이건 왕복이에요."

마크가 상술 씨와 그의 아내, 그리고 딸을 보며 말했다.

"하지만 아버님과 저는 걸어서 내려가면 됩니다. 두 사람은 타세요."

마크가 상술 씨를 계속 부축한 채 말했다. 아이씨, 그게 더 이상한데……. 하지만 상술 씨는 다시 케이블카를 탈 용기가 나지 않았다.

"가다 보면 택시 있습니다."

마크는 상술 씨를 보고 웃으며 말했다. 그렇게 둘은 천천히 걸어가기 시작했다. 상술 씨는 이러면 안 되는데, 이러면 안 되는데, 하면서도 힐끔힐끔 옆에서 걸어가는 마크의 얼굴을 쳐다보았다. 내가 이러면 완전히 말려드는 건데……. 상술 씨는 그런 생각을 했지만, 때는 이미 늦어버린 것만 같았다.

아버님
내 손 잡아요~

*

학자의 사랑

"정 교수 부인이 암이래."

함께 점심을 먹던 영문과 최 교수가 아무렇지도 않게 말했다. 정 교수라면 그보다 7년 늦게 임용된 행정학과 정규철 교수를 말하는 것일 터. 정규철 교수와 그는 동갑인지라 학교에서 보면 꽤 반갑게 인사하곤 했다.

"부인이 몇 년생인데?"

"정 교수랑 동갑이지 뭐. 1968년생."

"허, 거참."

정규철 교수가 얼마나 어렵게 학위 공부를 한 후 대

학교에 자리를 잡게 되었는지, 알 만한 사람은 다 알았다. 가난한 집안의 장남으로 태어나 남들보다 늦게 대학에 들어갔고, 또 거기에서 학생운동을 하다가 잠깐 구속된 전력이 있는 사람이었다. 이후 낮에는 출판사에 다니면서 계속 대학원을 다녔고, 나중엔 그의 아내가 보험회사 세일즈를 하면서 뒷바라지를 했다고 들었다. 정 교수의 아내는 남편이 학교에 자리를 잡은 뒤에도 몇 년간 보험회사 일을 놓지 않았는데, 그래서 그와 몇몇 교수들도 암 보험과 실손 보험 같은 것을 들어주기도 했다. 작년인가, 정 교수가 대출을 많이 받긴 했지만 난생처음 자기 명의의 아파트를 구입했다고, 쑥스럽게 말하는 것을 들은 기억도 있었다.

"정 교수가 얼마 전에 부인이랑 처음으로 도쿄에 갔다 왔는데 그것도 다 그거 때문이래."

"도쿄는 왜?"

"신혼여행도 못 가봤는데, 그래도 어디 외국에라도 꼭 가고 싶다고 해서……."

"거, 환자한테 비행기 타는 게 안 좋을 텐데……."

최 교수와 헤어져 자신의 연구실로 돌아온 그는 제일 먼저 근처 종합병원 건강검진센터를 검색했다. 덜컥 겁이 났던 것이다. 자신이야 학교에서 매년 의무적으로 건강검진을 받지만, 아내는 그렇지 않았다. 아내의 나이는 이제 우리 나이로 정확히 50. 장모님도, 처이모도 암 투병 병력을 가지고 있었던지라 아내 역시 조심해야 한다는 말을 처남에게 들은 기억이 있었다. 가뜩이나 요새 아내 혈색도 안 좋아 보이고 살도 더 빠진 것 같았는데……. 그는 가장 고가의 검진 코스를 선택했다. 그것이 자신의 사랑의 크기라고 생각했기 때문이다.

검진 날 오전, 그는 아내와 함께 병원에 동행했다. 아내는 전날까지도 취소하면 안 되느냐고, 자기는 아픈 곳 없다고 계속 말했지만, 그의 고집을 꺾을 순 없었다. 검진은 기본 신체 계측에서부터 시작해서 혈액과 흉부 엑스선, 복부 초음파 순으로 이어졌는데, 그때마다 그는 진료실 밖 복도 대기석에 앉아 기다렸다. 깜빡하고 아무런 책도 들고 오지 않은 것이 그를 조금 불안하게 만들었다. 그는 말 그대로 활자중독증을 지닌 사람이었다. 그는 남들처럼 텔레비전도 보지 않았고, 인터넷 뉴스를 들여다보느라 시간 낭비도 하지 않았다. 가끔 동료 교수들과 점심은 함께 먹었지만 따로 저녁 약속을 잡는 법은 없었다. 늘 제시간에 퇴근해서 가족과 함께 저녁을 먹은 후 서재에 들어가는 것, 그것이 그를 평안하게 만들어주었다. 그는 책을 통해서 세계를 이해할 수 있다고 믿었고, 인생의 부족한 부분을 채울 수 있다고 확신했으며, 더불어 사랑 또한 배울 수 있다고 자신했다. 그는 플라톤과 랭보와 줄리아 크리스테바의 저작을 읽으면서 사랑이란 충만이 아닌 결핍이라는 것을 깨닫게 되었고, 그것이 행복이 아닌 고통이라는 것 역시 알게 되었다. 그는 그런 시선으로 아내를, 타인을 바라보고 해석하고자 노력했다. 때때로 그는 아내를 보면서 눈살을 찌푸릴 때도 있었는데, 그건 아내의 속물적 욕망을 마주할 때였다. 여러 책의 저자들이 말한 것처럼, 그건 그냥 타인의 욕망을 아무 생각 없이 받아들이는 것이니까. 그는 그 모습이 어쩐지 게을러 보이기까지 했다.

검진은 오후 늦게 끝났다. 그는 아내를 조수석에 태우고 집으로 향했다. 한참을 아무 말 없이 앞 유리창만 바라보던 아내가 불쑥 물었다.

"겁나요?"

"뭐가요?"

그는 아내에겐 항상 존댓말을 썼다.

"내가 암에 걸렸을까 봐 겁나냐구요."

아내는 차분한 목소리로 계속 물었다.

"겁나죠. 그럼 우리 삶이 많이 변하게 될 테니까요……."

아내는 그의 말에 한동안 대답을 하지 않았다. 차 안에는 조용한 클래식 음악이 흐르고 있었다. 집에 거의 도착했을 때쯤, 그의 아내가 말했다.

"나는 당신이 겁내지 말고 화를 냈으면 좋겠어요."

아내는 그 말을 끝으로 다시 침묵을 지켰다. 그는 아내가 무슨 뜻으로 그런 말을 했는지 고민해보았지만 좀처럼 머리에 떠오르는 것은 없었다. 그 말은 책에서 보지 못했기 때문이다.

아내의 검진 결과가 나오기 하루 전날, 그는 학교 복도에서 우연히 정 교수를 만났다.

"정 교수, 최 교수한테서 소식 전해 들었어요. 사모님이……."

"최 교수도 참……. 네, 암이래요. 유방암 3기."

정 교수는 아무렇지도 않게 말했다.

"거, 고생이 많으시겠네요."

그는 최대한 예의를 갖춰 말했다.

"고생은요, 뭘. 고생이야 늘 하던 거고, 달라진 것도 별로 없습니다."

"그래도 병간호라는 게, 그게 보통 일이 아닐 텐데……."

"그냥 아내와 함께 대화하는 시간이 좀 부족해서 화가 날 뿐이지, 뭐 다른 건 없어요."

정 교수는 그 말을 끝으로 인사를 한 후 가던 길을 갔다. 그는 멀어져가는 정 교수의 뒷모습을 바라보며 한참 동안 서 있었다. 그는 정 교수의 말도 무슨 뜻인지 잘 알아들을 수가 없었다. 왜 아픈 사람 힘들게 굳이 말을 하려고 하는 거지? 그는 골똘히 그 말을 생각했으나 답을 찾을 순 없었다. 오후가 저물고 있었다.

*

발연기 일인자

해본 사람들은 다 알겠지만 사내 연애가 시작되면, 더욱이 그 연애가 은밀한 경우라면, 그때 무엇보다 필요한 것은 연기력이다. 이건 내 생각이 아니고, 대학교 2년 선배인 지은 언니가 해준 말인데, 그녀는 비밀 사내 연애만 3년을 해오다가(아무에게도 들키지 않고!) 재작년 말 결혼까지 해서 회사 동료 모두를 충격과 공포에 몰아넣은 당사자이기도 하다.

"야, 말도 마. 나중엔 이이가 지금 연기를 하는 건지 진심을 말하는 건지 나도 헛갈릴 정도였다니까. 이건 그냥 아카데미 남우주연상급 연기였다니까."

신혼 집들이에 갔을 때 지은 언니는 형부의 어깨를 치면서 그렇게 말하기도 했다. 지은 언니보다 직급이 높은 형부가 다른 직원들 앞에서 괜스레 통박을 주고 꼬투리를 잡는 것부터 시작해서, 다시 언니가 사사건건 시비를 걸고 비아냥대는 연기를 실감 나게(언니의 표현대로라면 '거의 일일 연속극 찍는 수준'으로) 한 결과, 나중엔 극장에서 우연히 둘을 맞부닥뜨린 바로 옆 부서 과장이 이런 말을 했다고 한다.

"와, 이 영화가 인기가 있긴 있나 봐요. 우리 셋이 이렇게 우연히 만나기도 하고."

나에겐 그런 지은 언니의 말이 그저 단순한 무용담처럼 들리지만은 않았는데, 나 역시 2개월 전부터 사내 비밀 연애를 시작했기 때문이었다. 상대는 같은 부서 신입 사원인 김규훈 사원. 김규훈 사원으로 말할 것 같으면 이제 입사한 지 1년이 막 지난, 누가 봐도 아직은 사회 초년생티가 팍팍 나는 스물일곱 살 청년이었다. 키는 170센티미터를 간신히 넘을 만큼 크지 않았고, 몸

무게는 80킬로그램에 육박해 어쩐지 더 통통해 보이는 체형이었다. 인사성 좋고 요령 부리지 않는 성격이야 신입 사원 대부분 그러니 유별나 보이지 않았는데, 이상하게도 나만 보면 함박웃음을 짓고 이것저것 더 챙겨주려는 모습을 보였다(그는 내가 복사하는 꼴을 못 볼 만큼 부담스럽게 굴기도 했다). 그때마다 '저게 왜 저러나? 아서라, 내가 집에 돌아가면 너만 한 동생이 있다. 어디 나이도 두 살 어리고 직급도 낮은 게 함부로 애교를 부리나?' 생각했는데, 이상하게도, 그런데도, 어이없게도, 자꾸 눈이 갔다. 내가 솔로 생활이 너무 길었나? 사무실 자리 배치가 잘못됐나? 자꾸 쓸데없는 환경 탓을 하면서 마음을 다잡았지만, 그가 다른 여자 직원과 농담을 하고 있는 모습을 보면 은근슬쩍 부아가 치밀어 오르기도 했다.

그런 날들이 3개월 넘게 지속되다가 김 부장이 퇴근 무렵 제안한 번개 모임에 어쩌다 김규훈 사원과 나 단둘이 남게 되고(김 부장, 이 인간은 자기가 번개를 제안하고 오는 사람이 별로다 싶으면 소리 소문 없이 내빼는 게 특기다),

맥주 몇 잔에 벌겋게 달아올라 에라, 모르겠다, 김규훈 씨, 너 마음에 든다, 내뱉고 말았는데 그게 우리 둘의 시작이 되고 말았다.

막상 연애를 시작하고 나니 전에 없이 애사심(?)도 생기고, 맛집 리스트도 챙겨 보고 데이트 코스 같은 것도 심상치 않은 눈길로 살피면서 마치 하루하루 대학 신입생이 된 듯한 기분으로 지냈는데, 그럼에도 계속 걸리는 것이 사무실 내에서의 표정 관리였다. 주로 중국과 동남아 국가를 대상으로 의료기 수출입을 하는 우리 회사는, 사내 연애를 금기시하거나 남녀 차별이 노골적으로 존재하는 분위기는 아니었다. 그래서 처음엔 몇몇 친한 동료에게만이라도 말을 할까 생각했지만, 그게 또 쉽지가 않았다. 사내 연애를 해본 사람들은 다 알겠지만 무슨 회사 내 규정 때문에 비밀에 부치는 것은 아니다. 그건 말하자면 '쪽팔리고' 무안해서, 그래서 스스로 조심하는 것뿐이다. 가뜩이나 나 같은 경우, 아무것도 모르는 신입 사원 꾀었다는 질타 아닌 질타를 받을 게 뻔했다. 또 그러다가 깨지기라도 하면……. 나는 이런 내 마음을 에둘러 김규훈 사원(한동안 이 호칭이 입에 붙어서 잘 고쳐지지가 않았다)에게 말했고, 그 또한 그런 내 의견에 쉽게 수긍했다. 그러니까 그때부터…… 그때부터 그의 발연기의 향연이 시작된 것이었다.

돌아보면 지금도 참 환장하겠는 것이, 아니 왜 멀쩡히 잘 있다가 퇴근 시간만 되면 쭈뼛쭈뼛 내 자리 앞까지 와서 "민 대리님, 퇴근 안 하십니까? 하하하. 이거 너무 무리하시는 거 아닙니까? 하하하" 같은 대사를, 마치 무슨 한국말을 처음 배운 재미 교포처럼 내뱉은 것인지, 나로서도 도통 알 수 없는 일이었다. 그로 인해 사무실에 있던 모든 사람의 눈이 나와 김규훈 사원에게로 향하고, 김 부장은 "재가 왜 저러는 거야? 민 대리가 재 괴롭혀?" 큰 소리로 묻기까지 했다(그 와중에도 김규훈 사원은 계속 부장을 바라보며 어색한 얼굴로 하하하, 웃기만 했다). 그 난리를 몇 차례 겪고 내가 또 따로 지도해서, 이제는 메신저나 문자로 은밀하게 서로의 퇴근 시간을 확인하게 되었지만, 그래도 여전히 다른 동료와 함께 점심을 먹거나 회식을 할 때 하하하, 뻣뻣하게 웃으면서 나를 보는 버릇은 여전했다.

그러던 그의 발연기가 최고조에 오른 것은 지난주 부장에게 월차를 냈을 때였다(물론 월차를 함께 내고 전주까지 데이트하러 갈 예정이었다). 서로 우연히 월차 날짜가 겹친 것처럼, 자연스럽게 거짓말을 할 작정이었다(나는 이사 갈 방을 알아보러 간다고 둘러댈 예정이었고, 그는 물리치료를 받으러 간다고 할 계획이었다). 나는 그러거나 말거나 부장이 책상에서 고개도 들지 않은 상태로 오케이를 받아냈지만, 문제는 김규훈 사원이었다.

"하하하, 이게 참. 제가 이사 가려고 급히 물리치료실을 알아봐야 할 일이 생겼거든요. 하하하."

이 사람아, 그게 말이야, 방귀야……. 말하자면 김규훈 사원이 대사를 제대로 숙지하지 못하고 엉뚱한 말을 내뱉고 만 것이었다. 그러자, 부장이 뚱한 얼굴로 한 말.

"너희들 사귀니?"

그러면 순발력을 발휘해서 말이 헛나왔다거나, 아니

그게 무슨 말씀이냐고 잡아떼기라도 하면 좋았을걸. 우리 사랑스러운 김규훈 사원은 부장을 보면서 계속 "하하하" 웃다가 이내 풀 죽은 목소리로 "네" 하고 대답하고 말았다.

나는 황급히 부장의 눈길을 피해 파티션 아래로 고개를 숙였다. 내가 못 산다, 못 살아. 저놈의 발연기.

*

그의 구매 내역

편의점에서 일하다 보면 저절로 알게 되는 것들이 많다.

우선, 사람. 좀 더 정확하게 말하자면 단골들의 취향. 그가 편의점에서 무엇을 고르는지 유심히 관찰해보면, 그가 어떤 사람인지 대충 짐작할 수 있게 된다. 이를테면 매일 밤 9시 무렵 편의점에 들르는 덥수룩한 수염을 기른 남자 P(신용카드에 적힌 그의 성을 보고 알았다). 그는 콧날도 날카롭고 눈썹도 진해 꽤 터프해 보이는 30대 초반의 남자다. 키도 180센티미터는 넘어 보이고 어깨도 제법 넓어 매일 닭가슴살이나 먹고, 스포츠 이온 음료 같은 것만 마실 거 같지만…… 사실 그는 '카라멜콘 땅콩(그런 이름의 과자가 있다)' 중독자다. 매일 그 과자 두 봉지와 과일 맛 소주, 불닭볶음면 등을 사서 편의점 바로 앞 원룸 건물로 들어간다(우리 편의점의 주 고객들은 대부분 그 원룸 건물에 산다. 나 역시 그곳 203호 거주자다). 언젠가 한번 퇴근길에 그가 원룸 건물 앞에 서서 누군가와 통화하는 것을 본 적이 있었다. 그때도 그는 '카라멜콘 땅콩' 얘기만 하고 있었다.

"내가 세봤어, 내가 세봤다구. 이게 원래 땅콩이 일곱 개씩 들어 있었거든. 한데, 지난달부터 다섯 개로 준 거야. 도대체 이게 말이 된다고 생각하니?"

아아, 이런 남자, 정말 싫다. 방에 혼자 앉아 과자 봉지 펼쳐놓고 땅콩 몇 개 들었는지 하나둘 세는 남자란, 연애를 해도 여자 친구가 몇 번 밥 사고 자기가 몇 번 샀는지, 그 총액이 얼만지 100원 단위까지 계산할 사람이 뻔하다. 그러니 아예 연애할 생각도 안 하는 거겠지.

'1+1'에 유난히 집착하는 여자도 알고 있다. 이 여자 또한 편의점 앞 원룸 건물에 혼자 사는 40대 초반의 여자인데, 단 한 번도 '1+1' 아닌 물건을 산 적이 없다. 생수도, 만두도, 아이스크림도, 삼각김밥도, 모두 '1+1' 제품만 산다. 얼핏 보면 아끼고 절약하느라 그런 것 같지만, 내가 보기엔 그건 그냥 바보 같은 짓일 뿐이다. 물건 진열해서 파는 편의점들이 바보인가? 멀쩡한 제품을 뭐 예쁘다고 한 번도 본 적 없는 사람에게 공짜로 주겠는가? 그게 다 인기 없고, 안 팔리고 남는 물건들 처리하는 수법이지. 거기에 걸려들면 평생을 딱 그 수준에서만, 덤으로 남은 인생으로만 살게 된다. 남들 고르지 않고, 인기 없는 물건에만 맞춰지는 취향. 아줌마, 제주 삼다수 '1+1'으로 파는 거 봤어요? 이러다가 남들도 아줌마를 '1+1'으로 취급한다구요. 나는 그녀가 고른 물건들을 비닐봉지에 담아주면서 속으로 계속 그런 말을 했다.

또 하나 알게 된 것은 나 자신이다. 더 정확하게 말해서 나의 현재. 나 또한 편의점 앞 원룸 건물에 혼자 살고 있는, 올해 서른한 살의 흔하디흔한 여자 공시생이지만, 뭐 그래도 지금까지는 외모나 성격에 대해선 별다른 콤플렉스가 없었다. 콤플렉스는커녕 거울을 볼 때마다 살짝, 이만하면 동안이고 피부도 좋지, 스스로 뇌까리기도 했다. 실제로 얼마 전까지 편의점에 매일 들렀던 고등학교 교복을 입은 남자애는, 나를 볼 때마다 "어우, 누나 진짜 이뻐요! 누나, 지금 대학교 몇 학년이세요?" 하고 물어오곤 했다. 나는 아무 말 안 하고 계산만 했지만, 속으론 '하 참, 어린놈이 벌써부터 이렇게 사람 보는 눈이 있어서야'라고 생각하곤 했다. 물론 그놈이 왜 매번 나에게 그토록 번드르르한 말을 늘어놓으면서 친한 척하려 했는지 금세 알게 됐지만(그놈은 사실 담배 살 수 있는 곳을 '뚫으려고' 그토록 내게 칭찬을 늘어놓은 것이었다. 내가 계속 거절하자, 그놈이 편의점을 뛰쳐나가면서 한 말을 지금도 기억한다. "평생 편의점 알바나 하면서 살아라, 이 할망구야!") 그래도 계속 내 좋을 대로 생각한 게 사실이다. 나는 잠깐 여기서 알바를 할 뿐이다, 알바가 내 직업은 아니고, 내 정신이나 외모를 지배할 수도 없고, 나를 규정지을 수도 없다고…….

그런 내 정신을 다시 '화딱' 들게 해준 것이 402호 남자다. 그는 30대 중반의 남자였는데, 매일 밤 11시 무렵 편의점에 들르곤 했다. 양복 차림에 뿔테 안경을 쓴 그는, 그 시간에 퇴근을 하는 모양이었는데, 거의 매일 편의점 핫도그와 닭날개 튀김으로 저녁을 대신하곤 했다. 편의점 안 테이블에 앉아서 콜라와 핫도그를 먹는 그의 등에 어쩐지 계속 눈길이 갔다. 짠해 보여서 그런가 생각했는데, 그게 꼭 전부는 아닌 것 같다는 생각도 들었다. 나름 분위기 있는 얼굴이었으니까.

그래서 하루는 용기를 내어 핫도그를 고른 그에게 무심한 척, 말을 걸기도 했다.

"요즘은 즉석밥도 꽤 잘 나오는데……."

"네?"

내 말을 제대로 이해하지 못한 남자는 끔뻑끔뻑 두 눈만 움직였다.

"매일 그렇게 핫도그만 먹으면 건강에 안 좋다구요."

그 말 때문이었는지, 아니면 다른 마음 때문이었는

지, 다음 날부터 남자는 내 말대로 하루는 즉석 미역국, 또 하루는 '쯔유 우동' 하는 식으로 메뉴를 바꿔 사 갔다. 그게 뭘 의미하겠는가? 그걸 내가 어떻게 받아들여야 하는가? 나는 조만간 남자가 따로 말을 걸어오겠구나, 먼저 말을 건네겠구나, 짐작했다.

그리고 바로 어젯밤, 남자가 쭈뼛쭈뼛 음식은 안 고르고 계산대 앞에 서서 망설이는 모습을 보였다. 아 참, 또 몇 시까지 일하냐고 물어보려 저러나, 그냥 커피라도 고른 다음에 자연스럽게 물어올 것이지. 나는 일부러 남자 쪽으로 시선을 두지 않고 기다렸다.

하지만 몇 분 후 남자가 계산대 위에 올려놓은 물건을 보고 나는 순간 움찔했다.

'초박형 콘돔.'

달랑 그거 하나.

나는 최대한 아무렇지 않은 표정으로 포스기를 찍었다. 내게서 콘돔을 건네받은 남자는 마치 신호를 받은 스포츠카처럼 편의점 밖으로 뛰쳐나갔다.

편의점에서 일하다 보면 나에 대해서도, 다른 사람에 대해서도, 너무 깊은 곳까지 알게 된다. 오래 할 일은 아닌 게 분명하다.

카라멜
1+1
1+1

*

엇비슷한 것 같으나 모두가 다른 사랑

책이 좀 많구나.

민규는 2층 계단에서부터 거실까지 쭉 이어진 책장을 보면서 잠깐 그런 생각을 했다. 그러니까 이삿짐센터에 맡기기도 어려웠겠지. 민규는 뒷주머니에 아무렇게나 쑤셔 넣었던 목장갑을 꺼냈다. 어림잡아도 1만 권은 넘을 것 같았다. 교수님은 이 책을 다 읽었을까? 책이란 건 읽지 않고 그냥 갖고만 있어도 영향을 받는다고 하니까……. 민규는 이 책을 보관하고 있는 것 자체가 대단해 보였다.

하지만 함께 이삿짐 정리를 도우러 온 최윤혜 연구원과 박균수 연구원, 김규승 사원과 홍수경 사원의 생각은 좀 달랐다. 이삿짐의 주인인 김상민 교수가 "이거, 제가 이러면 안 되는데……. 어쨌든 이렇게 도와주셔서 고맙습니다" 하면서 인사를 하자 그들 또한 너나없이 고개를 숙이며 "저희가 당연히 도와드려야죠"라고 말을 했다. 하지만 그건 당연히 그저 말일 뿐이었다.

김상민 교수가 부동산 중개업자와 잔금 문제로 자리를 뜨자, 다들 표정이 변했다.

"미친 거 아니야? 요즘 세상이 어떤 세상인데 이런 갑질을 하지?"

"김 교수도 김 교수지만, 우리 소장이 더 문제죠. 연구원들이 무슨 개인 잡부도 아니고."

최 연구원과 박 연구원은 팔짱을 낀 채 김 교수가 사라진 현관문을 바라보면서 그렇게 말했다. 그들은 한 지방자치단체 부속 연구소에 적을 두고 있는 사람들이었다. 지역의 부동산이나 산업 현황, 문화 콘텐츠에 대한 조사와 컨설팅을 수행하는 연구소였는데, 업무 특

성상 지역 대학교와 공동으로 수행하는 사업이 많았다. 사업이 많으면 많을수록 지자체에서 평가하는 연구소의 입지도 더 올라가는 법. 그 점에서 김상민 교수는 연구소에 없어선 안 될 중요한 사업 파트너였다. 더구나 그는 연구소 소장의 실질적인 인사권을 쥐고 있는 현직 시장의 선거 캠프에서 일했던 사람이었다. 그러니, 소장이 그의 비위를 맞추려고 애쓰는 건 당연한 일처럼 보였다. 이사 가신다구요? 아이, 그럼 당연히 저희가 도와야죠. 김 교수보다 소장이 먼저 나선 일이었다.

"이건 책임을 꼭 물어야 할 거 같지 않아요?"

김규승 사원이 그렇게 말하면서 스마트폰을 꺼냈다. 그는 거실 바닥에 널브러져 있는 빈 박스 사진을 먼저 찍었다. 홍수경 사원은 그들 옆에 가만히 서 있다가 층계참에 구부정하게 앉아 있는 민규를 보았다. 민규는 노끈을 길게 잘라 책을 스무 권씩 들기 좋게 묶고 있었다.

"이 연구원, 이 연구원, 거 뭐 하는 거야? 잠깐만 있어 봐."

박균수 연구원이 민규를 말리고 나섰다. 민규는 잠깐

그들을 바라보다가 다시 하던 일에 열중했다.

“이 연구원은 수치스럽지도 않아? 이게 그냥 시킨다고 아무 생각 없이 할 일은 아니잖아.”

최 연구원의 목소리는 마치 민규를 타박하는 듯한 말투로 변해 있었다.

민규는 하던 일을 멈추고 그들 가까이 다가갔다. 그는 목장갑을 낀 상태였다.

“다들 도와드린다고 해서 온 거 아닌가요?”

“아니, 그게 어디 진심인가? 할 수 없이 온 거지, 할 수 없이.”

“그럼 소장님한테 미리 말씀하셨어야죠. 교수님한테도 한다고 하셨으면서…….”

민규가 계속 말을 받자 박균수 연구원이 벌컥 화를 냈다.

“우리가 이삿짐까지 싸야 한다고 생각하면서 왔겠어? 그냥 인부들 감독하고 눈도장이나 찍으러 온 거지! 우리 연구원이잖아!”

민규는 가만히 박 연구원의 얼굴을 바라보다가 다시

뒤돌아서서 층계참으로 올라갔다.

"저는 오늘 연구원으로 온 게 아니니까요."

사람들은 모두 어이없다는 표정으로 민규를 바라보았지만, 홍수경 사원만은 난처한 표정으로 시선을 거실 쪽으로 돌렸다. 사실 그녀는 한 달 전부터 연구소 사람들 몰래 민규와 정식으로 사귀고 있었다. 민규는 둘 사이의 연애를 연구소 사람들이 알아도 상관없다고 말했으나, 홍수경 사원이 반대했다. 그녀는 3개월 뒤 재계약 사인을 앞둔 계약직 직원이었다. 연구원과 사귄다는 것을 사람들이 알면 아무래도 부담이 될 것 같았다. 민규에게 사귀자고 먼저 말을 꺼낸 것도 그녀였다. 좀 독특하고 개인적인 성향이 강한 사람이라고 생각했는데, 그게 매력적으로 보이기도 했는데, 오늘 민규의 모습은 좀 다르게 다가왔다. 다른 사람은 안중에도 없는 사람이 아닐까? 행동과는 다르게 사실 윗사람들 심기를 지나치게 염려하는 사람은 아닐까?

한 시간 가까이 민규가 책을 싸는 모습을 가만히 지켜보던 연구소 사람들은, 그러나 김 교수가 일군의 포장 이사 직원들과 다시 집으로 돌아오자 그제야 일을 거들기 시작했다. 포장 이사 직원들은 능숙하게 박스에 책과 옷가지를 담았는데, 민규 또한 그들 옆에서 쉬지 않고 일을 했다. 김 교수는 박 연구원과 최 연구원과 함께 거실 소파 옆에 서서 테이크아웃으로 사 온 커피를 마시면서 이삿짐을 싸는 것을 구경했다. 그들은 얼마 전 리서치를 시작한 구도심 주민들의 거주 환경에 대해 이야기를 했다. 김규승 사원과 홍수경 사원의 커피는 없었다. 김규승 사원과 홍수경 사원은 민규와 함께 책을 쌌다.

이사는 주위가 어둑해진 뒤에야 끝났다. 모두 뿔뿔이 흩어진 후 민규는 홍수경 사원을 집까지 바래다주었다.

"아까 좀 그랬어요."

그녀가 조심스럽게 말을 꺼냈다.

"뭐가요?"

"최 연구원님하고 박 연구원님이 안 좋게 볼 거 같아서요. 민규 씨가 연구원 중에선 막내인데……."

민규는 말없이 그녀를 바라보았다.

"수경 씨도 그렇게 생각해요?"

"네?"

"수경 씨도 제 모습이 불편했어요?"

"저야…… 민규 씨가 걱정되어서……."

"수경 씨."

민규가 조용히 그녀의 이름을 불렀다.

"저는 개인적으로 수경 씨를 사랑해요. 다른 사람 상관없이."

그녀는 아무 말 없이 가만히 민규의 눈을 바라보았다. 그의 눈이 더 많은 말을 하고 있는 것처럼 느껴졌다.

*

출국

1. PM 2:15

인천공항은 왜 이다지도 가깝단 말인가. 광화문에서 리무진 버스를 탄 지 불과 한 시간 만에 인천공항 표지판이 눈에 들어오자 성민은 속으로 그렇게 생각했다. 그는 버스에 오를 때부터 잡고 있던 민지의 손을 더 꽉 움켜잡았다. 이제 곧 헤어진다는 실감 때문인지 자꾸 다리에도 힘이 들어갔다. 민지는 고개를 성민의 어깨에 기댄 채 말이 없었다. 때마침 도로엔 천천히 흰 눈이 내리고 있었다.

민지가 영국으로 스포츠 마케팅 유학을 떠난다고 했을 때만 해도 성민은 그것이 먼 후일의 일이라고만 생각했다. 아니, 더 솔직하게 말하자면 그건 '나 다시 태어나면 다른 나라에서 살고 싶어'나 '아마 난 전생에 고양이였을 거야' 같은 말도 안 되는, 꿈속에서나 웅얼거릴 법한, 가능하지도 않은 말처럼 들리기도 했다. 민지는 종종 그런 말을 잘하는 애인이었으니까. 하지만 실제로 민지가 유학원에서 개최하는 세미나에도 참석하고, 또 그곳 업체를 통해 입학 원서를 내고 출국 날짜까지 정해지자 성민의 마음은 복잡해졌다. 하루는 '아니, 왜 스포츠 마케팅을 꼭 영국까지 가서 배워야 해? 우리 동네 만능 체육사 아저씨는 그딴 거 몰라도 아령도 잘 팔고, 농구공만 잘 팔더구먼' 하다가도, 또 하루는 '그래, 기왕 배울 거 영국 가서 배우면 좋지. 그래야 프리미어리그도 보고 또 나도 초대해주고' 하는 식으로 오락가락했다. 그러나 그것보다 더 많이 생각했던 건 성민과 민지, 둘 사이의 관계에 대한 것이었다. 이제 사귄

지 햇수로 4년 차에 접어든 그들의 관계는, 물론 처음과는 많이 달라져 있었다. 예전처럼 전화 통화를 두 시간 넘게 하는 것도 아니었고, 일주일에 한 번 얼굴을 본다 해도 그립거나 불편하진 않았다. 오히려 성민은 때때로 다른 연애에 대해 상상을 할 때도 있었다. 임용고시에 붙으면 그런 가능성이 더 많이 생기겠지. 3년째 중등 교사 임용고시 준비생인 성민은 그 가능성을 은밀하게 떠올린다는 사실만으로도 죄책감이 일었지만, 그럼에도 마음을 다잡거나 민지에게 평소와 다르게 더 애정 표현을 한다거나, 그런 일은 하지 않았다. 반대로 그는 그 죄책감을 즐기기도 했다. 어쨌든 그것은 실제로 일어나지 않은, 그에겐 가보지 않은 길과도 같았으니까. 그는 민지와의 현재 관계에 대해선 딱히 불만이 없었다.

그런 그에게 민지의 갑작스러운 유학 결정은 어떤 결별과 또 어떤 기대, 또 어떤 가능성과 또 어떤 좌절 같은 것이 뒤섞인 채 다가왔는데, 최종적으로 그는 그것이 어떤 의미인지 정확히 알지 못한 채 출국 날짜를

맞게 되었다. 그래서 그는 그저 민지의 출국 그 자체만 생각하게 되었고, 그래서 마음이 울적해졌다. 이제 마음 편하게 함께 밥을 먹을 사람도, 같이 영화를 볼 사람도, 하소연할 사람도 곁에 없어졌다는 사실만이 그에게 남은 것이었다. 민지가 예약한 항공권은 두바이를 경유해 영국 런던으로 가는 외국계 항공사의 오후 6시 출발 비행기였다. 그는 민지와 공항에서 늦은 점심을 함께 먹으려고 했지만, 도무지 입맛이 없었다. 그 입맛 없음이 자신의 사랑인 것만 같았다.

분명, 그때까지는 그랬다.

2. PM 2:45

점심을 먹기 전 항공사 데스크에서 미리 체크인하려고 줄을 서 있다가 성민과 민지는 비행기가 오후 7시로 연착되었다는 사실을 알게 되었다. 내리는 눈 때문은 아닌 듯했고, 항공사 개별 사정 때문인 것 같았는데, 승객

들에게 이렇다 할 설명은 없었다.

"잘됐다. 밥 먹고 커피 마시면서 같이 더 있을 수 있잖아."

성민은 실제로 그렇게 생각했고, 그래서 마음이 좀 편안해졌다. 민지는 항공사 데스크에 무언가를 더 물어보려는 눈치였지만, 성민이 손을 반대편으로 잡아끌었다. 성민은 민지와 계속 공항 조형물을 배경으로 셀카를 찍었고, 무조건 한식을 많이 먹어두어야 한다며 지하 분식 코너로 데려가기도 했다. 민지는 그때마다 별말 없이 성민의 뜻에 따랐다. 어쨌든 자신은 떠나는 입장이었으니까. 민지는 최대한 성민을 배려하려고 노력했다. 그때까지만 해도 그들은 평소와 다르지 않았다.

3. PM 6:15

비행기가 다시 밤 8시 55분으로 연착되었다는 문구가 전광판에 뜨자마자 성민은 성큼성큼 항공사 데스크로 걸어갔다. 민지는 대기 좌석에 앉아 그 모습을 가만히 지켜보기만 했다. 밥도 먹고 셀카도 찍고 커피를 마셨지만, 이후론 서로 나란히 앉아 스마트폰만 바라보았다. 할 말도 남아 있지 않았고, 대신 식곤증과 전날 설친 잠으로 인해 성민은 졸리기까지 했다. 아니, 이 순간에 졸린다는 게 말이 되는가. 성민은 하품을 하다 말고 민지의 눈치를 봤고, 괜스레 항공사에 분노가 치밀어 오르기도 했다.

항공사 데스크에 있던 직원은 뜻하지 않은 기체 점검 때문에 그렇게 됐다며 원한다면 먼저 체크인하고 출국장 안으로 들어가서 대기해도 좋다고 말했다. 아니, 그게 중요한 게 아니잖아요. 성민의 목소리가 높아지자 민지가 다가와 작은 목소리로 말했다. 나 그냥 들어가 있을게. 넌 이제 그만 들어가서 쉬어.

민지의 말에 성민이 날카롭게 반응했다.

"너 무슨 말을 그렇게 하니? 내가 뭐, 너 꼭 빨리 보내려고 안달 난 사람처럼 보이니?"

몇몇 사람들이 성민과 민지를 바라보았다.

4. PM 7:40

비행기는 10시 15분으로 한 차례 더 연착되었고, 그 시간이 최종 확정이라는 항공사 직원의 설명이 뒤따랐다. 정말이지 본격적으로 체크인이 시작되어서 제법 줄도 길게 늘어섰다. 민지는 체크인을 하고 짐도 미리 보내 버렸다. 둘은 말없이 출국장 앞으로 걸어갔다. 그들은 이미 한 시간도 넘게 서로 대화를 하지 않고 있었다.

"나 들어갈게."

민지가 출국장 앞에서 성민을 바라보며 짧게 말했지만, 성민은 대답하지 않았다. 성민은 계속 화가 나 있는 상태였는데, 그 상태 그대로 민지의 뒷모습을 보았을 뿐이다. 그리고 민지의 모습이 보이지 않게 되자, 그제야 자신이 얼마나 한심하고 멍청한 애인인지 깨닫게 되었다. 슬픈데, 마음은 너무 아픈데, 왜 이다지도 피곤하고 졸린 것이더냐. 성민은 그 이유를 알 수 없어 계속 하품을 해댔다. 공항 밖에는 눈이 이미 발목 근처까지 쌓여 있었다. 그 눈을 보면서도 성민은 계속 자신의 고시원 침대만 생각했다. 그 눈 속을 날아오를 비행기를 떠올리진 못한 채, 그는 종종걸음으로 버스 정류장 쪽으로 향했다.

*

치킨런

모두 다 그런 건 아니지만, 자영업을 하는 부모 아래에서 자란 자식들은 대체로 빨리 자란다. 경기에 따라 날씨에 따라 매상에 따라, 그때그때 집안 분위기가 달라지니까, 눈치도 빤해지고 이런저런 생각도 많아지기 때문이다. 말하자면 이런 것이다. 올해 초등학교 5학년인 나는, 2년 전만 해도 학원을 여섯 개나 다녔다. 영어와 수학과 합기도는 기본으로 깔고, 논술과 과학 실험, 한자까지 다녔다. 그땐 엄마와 아빠가 우리 집에서 차로 30분 정도 떨어진 신도시에 막 감자탕집을 개업했을 때인데, 주변에 별다른 식당이 없어서였는지 장사가 제법 잘됐다. 장사를 마치고 돌아온 아빠는, 아직 초등학교 3학년생인 나에게 5만 원짜리 지폐를 척척 내주곤 했다. 물론 다 좋았던 시절 이야기다. 지금 엄마 아빠의 가게 주변엔 24시간 감자탕집만 다섯 곳이다. 나는 올해 초에 논술과 과학 실험과 한자 학원을 끊었고, 두 달 전부턴 나머지 학원도 모두 그만두었다. 엄마는 "넌 신경 쓰지 말고 그냥 학원이나 열심히 다녀" 하고 말했지만, 잠도 제대로 못 잔 부모가 식탁에 앉아서 푹푹 한숨만 내쉬고 있는데 어찌 아무런 신경을 쓰지 않을 수 있단 말인가? 초등학교 5학년이면 이제 만으로 열 살이 넘은 나이다. 라면도 혼자 끓여 먹을 수가 있고, 세탁기도 돌릴 수 있는 나이다. 공무원 아빠를 둔 아이나, 교사인 아빠를 둔 아이와는 질적으로 다른 것이다. 걔들은 인생이 따박따박 나오는 월급처럼 저절로 흘러가는 줄로만 알고 있다.

엄마 아빠가 집에 돌아오는 시간이 새벽 2시이다 보

니, 매일 혼자 밥 먹고 혼자 잠들어야만 했다. 우리 집은 구도심에 있는, 지은 지 30년도 넘은 단독주택이다. 대문이 있고 옥상에 장독대가 있는 단층 슬래브 주택인데, 쓸데없이 방은 네 칸이나 된다. 그 방 중 하나는 따로 출입문이 나 있고, 작은 주방과 욕실도 딸려 있는데, 엄마는 늘 그곳에 세입자를 들였다. 하지만 그곳은 지금 비어 있다. 아무리 시세보다 싸게 내놓아도 들어오는 사람이 없기 때문이다. 나 같아도 신도시 원룸을 구하지 춥고 낡은 우리 집에 세를 들어오지는 않을 것 같다. 보증금도 없고 월세가 15만 원인데도, 아무도 방을 보러 오지 않는다.

그 방에 살았던 마지막 세입자는 30대 중반의 남자와 20대 초반의 여자였다. 그들은 세간 하나 없이, 큼지막한 여행용 캐리어 하나만 달랑 끌고 이사를 들어왔다. 딱 봐도 문제 있구만. 도망친 거지, 뭐. 엄마는 그들에게 방을 보여주곤 뒤돌아서서 그렇게 말했다. 하지만 그날 바로 계약서에 도장을 찍었다. 그때가 지금으로부터 정확히 1년 반 전의 일이다. 감자탕집 옆에 새로 부대찌개집이 개업했던 시기.

남자와 여자는 이사 온 이후 거의 외출하지 않고 방에만 머물렀는데, 한 달 정도 지난 뒤부턴 가끔 우리 집 거실로 들어와 나와 함께 텔레비전을 보곤 했다. 우린 아무것도 없잖니, 얘. 여자가 그렇게 말하면서 거실 소파 내 왼편에 앉으면, 남자가 내 오른편에 앉으면서 원래 텔레비전은 여럿이 같이 봐야 제맛이거든, 하고 말을 덧붙였다. 남자는 자신을 편하게 형이라고 부르라고 했지만, 나는 그냥 아저씨라고 불렀다.

남자는 자주 치킨을 시켰다. 우리 집 거실에서 텔레비전을 볼 땐 거의 예외 없이 치킨을 시켰는데, 계산은 늘 카드로 했다. 메뉴는 항상 양념 반 프라이드 반. 여자는 정말이지 치킨을 잘 먹었다. 다리든 날개든 목 부위든, 여자 입으로 들어가면 살 한 점 남지 않고 새하얀 뼈만 톡 밖으로 튀어나왔다. 남자는 치킨을 거의 먹지 않고 그런 여자를 미소 지으며 가만히 바라보기만 했다. 나는 왠지 치킨을 많이 먹으면 안 될 것 같아서 계속 퍽퍽한 가슴살만 오래오래 씹었다. 언젠가 남자가 치킨을 먹다가 컵에 콜라를 따르려 애쓴 적이 있었다. 손가락에 기름이 묻어 손바닥만으로 콜라병을 들고 뚜껑을 열려고 했는데, 그게 잘되질 않았다. 그러자 여자가 남자의 손가락 하나하나를 제 입에 넣어 빨아주었다. 아아, 정말 더러워 죽겠네. 저게 뭐 하는 짓일까……. 나는 일부러 보지 않으려고 했지만, 남자와 여자는 계속 낄낄거리면서, 간지럽다고 몸부림을 쳤다. 그러면서도 멈추지 않았다. 남자는 그 손으로 치킨을 들어 내게 건네기도 했다. 그날 나는 당연히 치킨을 먹지 않았다.

그 남자와 여자는 그 방에서 반년 가까이 살았다. 그 사이 치킨을 50마리 넘게 시켜 먹었고, 함께 프로야구 시즌의 마지막을 지켜보았다. 나는 언젠가부터 그들이 우리 집 거실에 오는 게 그리 불편하지 않았다. 집에 나 혼자 있지 않아서, 무섭지 않고 좋았다. 언제까지나 그들이 함께 지낼 거라 생각했지만, 그건 내 바람일 뿐이었다. 찬바람이 불어오고 얼마 지나지 않아 여자가 먼저 그 방을 떠났다. 남자는 그 뒤로 두 달 가까이 혼자 살다가 이사를 나갔다. 여자가 왜 먼저 떠났는지, 그건 나도 알 수 없다. 남자가 대리운전을 시작하고 한 달쯤 지났을 때였나, 퇴근하고 방으로 돌아와보니 여자가 없었다고, 그게 마지막이었다고 남자에게 전해 들은 게 전부였다. 남자는 몇 번인가, 누나가 혹시 무슨 말 한 건 없었니, 물어왔지만, 나는 해줄 말이 없었다. 남자는 그 두 달 동안 거의 방 밖으로 나오지 않았고, 우리 집 거실로 텔레비전을 보러 오지도 않았다. 내가 마지막으로 남자를 본 건, 남자가 마지막 월세를 건네려 거실로 찾아왔을 때였다. 그때 마침 나는 치킨을 먹고 있었다. 남자와 여자가 함께 살 때 모아둔 쿠폰으로 내가 주문한 치킨이었다.

"형도 좀 드세요."

나는 남자에게 말했다. 눈이 퀭하고 수염이 덥수룩하게 자란 남자는 아무 말 없이 내 옆에 앉아 치킨을 내려다보다가 조금씩 그것을 먹기 시작했다. 그러다가 어느 순간부터 큰 소리로 울기 시작했는데, 남자는 기름이 묻은 손으로 제 얼굴을 감싼 채 계속 끅끅거리기만 했다. 그것이 마지막이었다.

지난달인가, 나는 엄마 아빠와 함께 치킨을 먹다가, 컵을 집으려다 말고 내 손가락을 엄마 입안으로 쑥 집어넣어보았다. 그러자 엄마가 내 등짝을 세게 내리치면서 말했다.

“더럽게 이게 뭐 하는 짓이야!”

간지러울 거라고 생각했는데, 그런 건 하나도 없었다. 등짝만 계속 화끈거렸을 뿐.

*

그의 노트북

"그냥 택배로 보내줄게."

"싫어. 누가 노트북을 택배로 보내니? 고장 나면 어쩌려고……."

"나도 싫어. 너 만나는 거……."

"그럼 내가 너 없을 때…… 오피스텔 가서 가져올게."

"그건 더 싫어. 그리고…… 나 비밀번호 바꿨어……."

미연의 말에 상호는 턱 숨이 막히는 기분이 들었다. 그새 비밀번호도 바꿨구나. 헤어졌으니 그게 당연한 일이겠지만……. 어쩐지 상호는 자신이 더 깊은 바닥 아래로 가라앉는 듯한 느낌이 들었다. 떠올리면 좋은 기억이나 애틋한 마음이 아닌, 마주하기도 싫은 사람……. 자신이 미연에게 그런 존재가 되었구나. 상호는 그렇게 받아들였다.

상호가 계속 말이 없자 핸드폰 너머 미연이 말했다.

"알았어. 그러면 주말에 잠깐 거기서 봐. 3시쯤……. 오래는 못 보고……."

미연이 전화를 끊은 후에도 상호는 한동안 계속 핸드폰을 들고 있었다. 어쩌면 이리 매정한가. 상호는 세상이 다 부질없어 보였다.

토요일, 2시 30분부터 카페에 앉아 미연을 기다리던 상호는 화장실을 세 번이나 들락거렸다. 볼일은 보지 않고 계속 손을 씻고 거울을 들여다보았다. 헤어지고 나서 두 달 만에 처음 만나는 미연이었다. 얼굴이 좀 수척해 보이려나? 턱을 이리저리 돌려보면서 상호는 생각했다. 확실히 피부는 거칠고 거무튀튀해 보였다. 요 며칠, 상호는 늦은 밤까지 잠들지 못한 채 깨어 있었다. 가만히 누워 있거나 혼술을 마시거나 한 것은 아니고, 멀거니 텔레비전을 봤다. 그는 주로 스토리가 연결되지 않는 예능 프로그램을 봤는데, 낄낄거리며 웃다가 다시 시무룩해지는 일을 반복했다. 자그마치 6년이었다, 6년. 30대 초반에 처음 미연을 만나 사귀기 시작했는데, 벌써 30대 후반이 되었다. 20대 중반이었던 미연도 이제 30대가 되었다. 사귀는 동안 서로 가장 오래 못 봤던 기간이 얼마나 되었던가? 일주일? 열흘? 아마 길게 잡아도 2주는 넘지 않았을 것이다. 특히 지난 2년 동안 상호는 거의 매주 미연의 오피스텔에 찾아가서 시간을 보내곤 했다. 2년 전부터 미연은 한 쇼핑몰 업체에서 일했는데, 미연이 없는 낮 시간에도 그는 오피스텔에 들러 책을 읽거나 영화를 다운받아 보았다. 상호는 대학원 박사과정만 벌써 7년째 밟고 있었다. 밤 10시나 11시쯤 미연이 퇴근하면 "왔어?" "내가 이거 다운받아 놨는데 나중에 시간 되면 한번 봐. 좋더라구" 같은 말을 건네기도 했다. 그러곤 버스로 30분 정도 떨어진 자신의 자취방으로 돌아왔다. 함께 자고 싶을 때가 많았지만, 그러진 않았다. 잠귀가 밝은 미연은 누군가 옆에서 부스럭거리는 것을 견디지 못했다. 미연은 출근을 해야 하니까. 상호는 자신이 배려해야 한다고 생각했다. 그 노트북, 자신이 미연을 위해 영화나 음악을 다운받아놓곤 하던 노트북, 이제는 헤어졌지만 여전히 미연의 오피스텔에 있는 자신의 노트북. 상호는 지금 그것을 돌려받으려고 하는 중이었다.

"아메리카노 마실 거지?"

미연이 앉자마자 상호는 엉거주춤 일어서며 물었다.

"아니. 나 바로 갈 거야."

미연이 그렇게 말했지만 상호는 듣지 않고 카운터로 걸어갔다. 미연은 그런 상호의 등을 잠깐 바라보다가 쇼핑백에 담긴 노트북을 테이블 위에 올려놓았다.

"얼굴 좋아 보인다."

커피를 받아 온 상호가 미연의 얼굴을 빤히 바라보면서 말했다. 미연은 말이 없었다.

우리가 왜 헤어지게 되었나? 상호는 그것이 작은 우

연에서 비롯되었다고 생각했다. 주말이고 미연도 출근하지 않으니까 함께 노트북으로 영화를 보자고 했는데, 미연이 거절했다. 그것만으로도 상호의 기분은 상했지만, 이해하려고 노력했다. 혼자 자취방에 돌아와 언짢은 표정으로 오피스텔을 나온 게 미안해 전화했는데, 계속 통화 중이었다. 한 시간 반이 넘도록 통화가 안 되다가 겨우 연결된 미연은 회사 동료와 전화 중이었다고 했다. 그게 상호를 폭발하게 했다. 먼저 헤어지자고 말한 쪽은 상호였다.

"나 빨리 일어서야 해. 학원 다니는 데가 있어."

미연은 일어서려고 했다. 헤어지자고 먼저 말한 것은 상호였지만, 상호는 그다음부터 미연을 더 사랑하게 되었다. 아니, 그렇게 믿었다. 하루의 거의 대부분을 미연 생각만 하면서 지냈다. 그냥 말싸움이었으니까 사과하고 화해하고 다시 예전으로 돌아갈 거라고 생각했는데, 미연은 단호했다. 미연이 단호해지니 상호의 사랑은 더 커져만 갔다.

"잠깐만 기다려봐."

상호는 자신의 가방에서 외장하드를 꺼내 노트북에 연결했다. 상호는 노트북에 있는 영화 중 몇 편을 외장하드로 옮겨 미연에게 줄 생각이었다. 그것이 자신이 보여줄 수 있는 마음의 일부라고 생각했다.

하지만 노트북 전원이 들어오자마자 상호는 다시 한 번 마음이 무너져 내릴 수밖에 없었다.

"이게…… 이게 뭐야?"

노트북 배경 화면이 바뀌어 있었다. 원래 그의 노트북 배경 화면은 3년 전 미연과 함께 찍은 사진으로 설정되어 있었다. 남이섬 전나무 숲을 배경으로 찍은 사진. 그 사진이 윈도의 파란 하늘로 바뀌어 있었다.

"이거…… 지웠어?"

"내 사진 남기고 싶지 않아."

미연은 표정 변화 하나 없이 말했다. 상호는 아랫입술을 씰룩거리면서 미연을 바라보았다. 그는 눈물이 막 나올 것만 같았다.

"왜 허락 없이 남의 노트북 건드려?"

상호는 거의 울먹거리는 목소리로 말했다.

"내 사진만 지운 거야."

"네가 뭔데! 네가 뭔데 그러냐구!"

상호의 목소리가 커지자 카페 내 사람들의 시선이 일제히 그들에게로 쏠렸다. 하지만 미연은 무덤덤했다. 미연은 자리에서 일어나면서 말했다.

"넌, 너 편한 대로만 기억하는 사람이잖아."

미연은 그 말을 남기고 카페를 나섰다. 사람들은 미연의 뒷모습과 남겨진 상호의 등을 번갈아 바라보았다. 상호는 한 손으로 눈을 가린 채 어깨를 들썩거리면서 울었다. 네가 뭔데, 네가 뭔데, 내 노트북을……. 상호는 이 모든 게 그저 서럽기만 했다.

윈도 파란 하늘을 만든 사람도, 빌 게이츠도, 그냥 다 원망스러웠다.

*

썸

주말, 대전에 있는 한 컨벤션센터에서 열리는 대학 입학 박람회에 내려가는 길이었다. 우리 회사와 계약을 맺은 지방 사립대학교 홍보 팸플릿을 오후 2시까지 가져다주는 것, 그것이 서 주임과 나의 업무였다. 대학교 홍보 담당자에게 최종 점검을 받고, 가급적 홍보 부스 업무까지 도와주고 오라는 것이 사장의 부탁이었다. 우리 같은 작은 홍보 기획사에서 이런 일을 맡는다는 게 어디 보통 일인가? 이번 일만 잘되면……. 사장은 그렇게 말하면서 서 주임에게 법인 카드까지 내주었다. 더

우니까 팥빙수도 사 먹고, 식사도 든든하게 하고, 그쪽 담당자 커피도 좀 사드리고…….

토요일 오전 9시, 서 주임의 승용차 트렁크와 뒷좌석에 팸플릿을 가득 싣고 곧장 한남대교 쪽으로 방향을 잡았다. 일이 끝나고 서울로 돌아오면 밤 10시는 넘을 텐데, 그런데도 전혀 짜증이 나지 않았다. 짜증은커녕 어젯밤엔 조금 설레는 마음마저 들었다. 아침엔 계속 비슷비슷한 블라우스를 몸에 대보며 오랫동안 거울 앞에 서 있기도 했다. 서 주임과 같이 가는 지방행이니까, 오롯이 둘이서만 한 차에 앉아 있는 거니까……. 나로선 슬쩍슬쩍 튀어나오는 기대를 숨길 수가 없었다.

"피곤하진 않으세요?"

서 주임이 조수석 컵 홀더에 미리 준비한 아이스커피를 내려놓으면서 물었다. 서 주임 것과 똑같은 아이스커피였다.

"저는 가만히 앉아서 가는데요, 뭘."

나는 빨대를 서 주임 것과 똑같이 'ㄱ' 자 모양으로

꺾으면서 대답했다.

서 주임은 나보다 두 살 연하 남자였지만, 회사 내 경력만으론 3년 선배였다. 일 처리도 꼼꼼했고 그만큼 사장의 신뢰도 대단했다. 서영 씨, 그거 아나? 올해 초, 입사하고 얼마 지나지 않은 회식 자리에서 사장이 말했다. 우리 회사에 디자이너 뽑은 게 서영 씨가 처음이잖아. 그렇게 서영 씨를 뽑을 수 있었던 것도 다 우리 서 주임 때문이야. 사장은 그렇게 말하면서 옆자리에 있는 서 주임의 어깨를 툭툭 두들겼다. 서 주임은 거의 매일 청바지에 면 티셔츠 차림으로 출근했는데, 오늘처럼 격식을 차려야 하는 자리엔 양복에 넥타이를 하지 않은 와이셔츠 차림으로 왔다. 청바지를 입은 모습이 익숙해서인지, 그가 양복을 입을 때면 꽤 근사해 보이기도 했다. 서 주임은 외근이 잦았지만, 그래도 점심만은 회사에 들어와서 먹을 때가 많았다. 우리 회사는 사무실 옆 작은 공간에 전자레인지와 냉장고를 두고, 거기에서 직접 식사를 해결하는 시스템이었다. 밥은 즉석밥을 썼고, 반찬은 주로 배달 업체를 이용했는데, 서 주임과 단둘이서 밥을 먹을 때가 많았다. 아무래도 그것 때문이겠지. 단둘이 사무실에서 밥을 같이 먹는 일. 휴대용 가스버너에 김치찌개나 부대찌개를 올려놓은 채 마주 앉아 있는 일. 그런 시간이 쌓이다 보면 때론 예상치 못한 마음이 함께 끓어오르기도 하는 법이지. 실제로 나는 지난주에 서 주임과 함께 영화를 보기도 했다. 비록 극장이 아닌, 사무실에 있는 컴퓨터로 다운로드해서 본 것이지만, 장소가 뭐 중요한가. 같이 무엇을 했느냐가 더 중요한 법. 어쩜, 영화 취향도 이리 똑같을까. 나에겐 그런 것이 더 중요했다.

문제가 생긴 것은 한남대교를 지나 경부고속도로 초입에 막 들어섰을 때였다. 아침부터 도로는 끔찍하게 막혔는데, 서 주임의 승용차 에어컨이 제대로 작동하지 않았다. 차가 움직일 땐 그런대로 차가운 바람이 나오는 것 같더니, 정체와 지체를 몇 번 반복하고 나자 그대로 먹통이 되어버리고 말았다.

"이게 왜 이러지?"

서 주임이 괜스레 주먹으로 툭툭 에어컨 컨트롤 버튼 주위를 두들겼다. 에어컨에선 이젠 찬바람 대신 더운 바람이 나오고 있었다. 컵 홀더에 있던 아이스커피는 물방울만 잔뜩 머금은 채 미적지근하게 변해버렸다. 오전 10시도 되지 않았지만, 이미 기온은 35도를 넘어서고 있었다. 도로는 멀리 양재IC까지 빽빽하게 밀려 있었다. 승용차 창문을 모두 내렸지만, 도로의 뜨거운 지열만 안으로 밀려들어올 뿐이었다. 서 주임의 얼굴이나 내 얼굴이나 금세 땀으로 뒤범벅이 되었다. 에어컨 하나 고장이 났을 뿐인데…… 바로 전까지 설렘 가득한 마음으로 라디오 음악을 듣고 있었는데…… 상황이 순식간에 돌변하고 말았다. 제대로 숨을 쉬기 어려운 열기가 차 안을 가득 채웠다.

나는 그 와중에도 계속 서 주임을 곁눈질로 바라보았다. 언젠가 아는 사람이 말하길, 그 사람이 어떤 사람인지 더 잘 알고 싶다면 함께 히말라야 트래킹 같은 걸 해보면 된다고 했다. 평상시 모습이 어디 참모습인가?

그건 연기하면 다 속일 수 있는 거지. 자기 자신도 숨길 수 없을 정도로 극한 상황에 이르면 본모습이 다 튀어나오는 거지……. 지금 이 차 안이 히말라야는 아니지만, 분명 비슷한 구석은 있었다. 하지만 인간적으로 너무 더우니까, 차는 앞뒤로 꽉 막혀 있고, 다른 길로 빠질 수도 없는 노릇이니까…….

그렇게 채 5분도 지나지 않아 서 주임이 비상 깜빡이를 누르고 차를 멈춰 세웠다. 어쩌려는 것일까? 그대로 차를 버리려는 것일까? 그러면 팸플릿은? 그런 생각을 하고 있을 때, 서 주임이 운전석 문을 열고 차 밖으로 나갔다. 그는 정체되어 거의 움직이지 않고 있는 옆 차의 운전자와 심각한 표정으로 이야기를 나눴다. 그러곤 다시 내게 돌아왔다.

"옆 차와 이야기 다 했으니까, 잠깐 그 차 타고 가실래요? 만남의 광장에 내려줄 수 있다고 하니까, 거기에서 다시 만나요."

"네? 아니, 그래도……."

"부부하고 아이가 타고 있는 차니까 걱정 안 해도 돼

요. 제가 번호도 다 알아두었고요…….”

나는 그래선 안 될 것 같았다. 하지만 서 주임의 뜻은 완강했다.

“금방 만남의 광장이에요. 거기에서 비상 정비 받고 그러면 돼요.”

나는 주저하다가 옆 차의 뒷좌석으로 옮겨 탔다. 차 안으로 들어오니 좀 전까지와는 다른 공기가 섬뜩하게 내 목덜미 쪽으로 불어왔다.

“아줌마, 아파요?”

뒷좌석 내 바로 옆에 앉은 여자아이가 물었다. 여섯 살이나 되었을까, 양 갈래로 머리를 땋은 아이였다.

“저 아저씨가 아줌마 일사병이라던데…… 그게 뭐예요?”

나는 아이의 말을 듣고 다시 아무 말 없이 옆 차선 서 주임의 차를 바라보았다. 창문이 모두 내려진 승용차 안에 서 주임이 혼자 앉아 있었다. 그는 팔꿈치로 연신 이마의 땀을 닦으면서 정면을 바라보고 있었다. 벌겋게 달아오른 얼굴이었지만, 표정엔 아무런 변화가 없었다. 곧 만남의 광장이니까…… 곧 다시 만날 수 있을 것이다…….

어쩐지 썸이 다 끝나버린 기분이었다.

*

102호 그 여자, 302호 그 남자

1. 302호 따님께

안녕하세요. 이렇게 불쑥 쪽지로, 그것도 우편함을 통해서 인사를 드립니다. 이 쪽지를 언제 보시게 될지 알 수 없으나, 이편이 그나마 최선이라는 생각에 몇 자 적습니다.

저는 102호에 거주하는 김미자 씨 딸 최승희라고 해요. 302호 어르신께서 저희 엄마를 '김 여사'라고 부르셨다고 하니까, 아마 따님께서도 들은 적 있을 거라고 생각합니다. 저희 엄마는 302호 어르신을 '박 선생님' 이라고 부르셨어요. 이야기도 맛깔나게 잘하시고, 아는 것도 많으시다고, 저에게 슬쩍 말씀하신 적이 있었어요. 그땐 저도 그냥 그러려니 생각하고 말았고요.

사실, 저희 엄마는 2주 전에 오른쪽 다리 골절상을 입어 병원에 입원 중이세요. 일흔 넘은 어른한테 골절상이 얼마나 위험한지는 말씀드리지 않아도 잘 아실 거예요. 젊은 사람들처럼 뼈도 쉽게 붙지 않아서, 그때부터 지금까지 계속 병원 침대에 누워 계시기만 해요. 서울에 사는 오빠들은 소식을 듣자마자 내려왔지만, 바로 짜증부터 내더라구요. 아니, 무릎도 성치 않은 양반이 계단은 왜 올라갔냐고, 그것 때문에 일부러 빌라 1층을 얻어드리지 않았느냐고. 네, 그건 오빠들 말이 맞아요. 저희 엄마는 14년 전인 환갑 때 아버지와 이별하셨거든요. 아버지가 췌장암으로 돌아가시고, 그때부터 쭉 혼자 고향 집에서 지내셨어요. 오빠들과 제가 중고등학교 시절을 모두 보낸 2층집이었는데, 엄마 혼자 지내기엔 너무 넓고 추운 집이긴 했어요. 그래서 오빠들이 엄마 무릎을 핑계로 이곳 읍내 3층짜리 빌라 1층에 집을 얻어드린 거예요. 시장도 가깝고, 경로당도 근처니까 마실 나가기도 편하고, 또 근처 소도시에 사는 제가 와 보기도 편하겠다 생각해서 겸사겸사 이사한 거였죠. 그런 엄마가 계단에서 나뒹굴었다고 하니까, 오빠들 속도 상하긴 상했겠죠.

저는 처음부터 눈치채고 있었어요. 엄마가 매일매일 박 선생님한테 찾아간다는 것을요……. 엄마가 언젠가 그런 말을 한 적 있었거든요. 경로당에서 매일 얼굴 보던 박 선생님이 허리를 삐끗한 뒤부턴 집 안에만 누워 계신단다, 딸이 한 명 있긴 한데 어린 손자 셋을 키우느라 제대로 와보지도 못하는 눈치더라, 간병인이 일주일에 두 번씩 온다는데, 그러니 사는 게 오죽할까……. 그때부터 엄마가 매일 한 번씩 302호 박 선생님 댁에 찾아가서 식사를 챙겨드린 것 같아요. 제가 몇 번 연락 안 하고 엄마 집에 찾아간 적이 있었는데, 그때마다 밤 9시가 넘어서야 들어오시더라구요. 한 손에 찬합이니 빈 반찬통이니 하는 것을 든 채로 말이죠. 제가 계속 모른 척 하다가 이번에 병원에서 싫은 소리를 좀 했어요. 302호 영감님 찾아가는 건 좋은데, 그래도 좀 일찍일찍 다녀야 하는 거 아니냐고, 어두운 밤까지 있다가 계단을 내려오니 넘어진 거 아니냐고.

그랬더니 저희 엄마가 이런 말씀을 하더라구요.

"302호까지 올라갈 땐 아무 생각 안 나다가, 다시 계단을 내려갈 생각을 하면 저절로 무릎이 아파지는 거야. 젊은 너희들은 모르겠지만, 늙은이들 무릎이라는 게 계단을 올라갈 때보다 내려갈 때 더 아프거든. 그래서 한 시간이고 두 시간이고 더 있다 보니까 그렇게 된 거지, 뭐."

저희 엄마는 병원에 누워 계시면서도 계속 박 선생님 식사 걱정을 하시더라구요. 오빠들한텐 내색하지 않고 조용히 저한테 부탁하셨어요. 박 선생님 반찬 몇 가지 챙겨드리라구요. 엄마 다친 게 서운해서 그러지 않으려고 했는데, 사실 그건 박 선생님 잘못은 아니잖아요. 그래서 엄마 말씀대로 고구마 줄기 무친 거하고, 오이소박이 조금 해서 찾아갔는데, 아무리 초인종을 눌러도 계속 묵묵부답이더라구요. 전화번호를 아는 것도 아니고 해서, 이렇게 우편함에 쪽지를 남겨둡니다. 혹시 박 선생님께 무슨 일이 생긴 건 아닌지 걱정이네요. 쪽지를 보시면 연락 주시기 바랍니다. 반찬은 엄마 집 냉장고에 따로 보관해두었습니다.

2. 102호 따님께

쪽지 보고 미안한 마음에 이렇게 다시 쪽지로 답장을 드립니다.

저는 302호 박승호 씨 딸 박유정이라고 합니다. 저도 물론 102호 김 여사님을 예전부터 알고 있었고요. 하지만 따로 감사의 인사를 전하진 못했습니다. 그 점 죄송하게 생각합니다.

사실 저는 일주일 전부터 계속 서울에 있는 병원에 가 있었습니다. 아버지가 거기 종합병원 중환자실에 계셔서요. 사흘 전부터는 아예 면회도 안 되고, 담당 의사로부터 마음의 준비를 하라는 말도 들은 처지입니다. 김 여사님께서 저희 아버지가 허리가 안 좋아서 누워 있는 거라고 하셨는데, 그건 사실이 아닙니다. 저희 아버지는 1년 전에 폐암 판정을 받으셨어요. 제가 바로 수술도 하고 항암 치료도 시작하자고 했지만, 아버지가 거부하셨죠. 여든 가까이 되었는데 수술할 힘도, 항암 치료 받을 체력도 안 된다, 그냥 조용히 있게 해다오, 그러곤 마실도 나가지 않고 가만히 집 안에만 누워 계시더라구요. 제가 찾아가도 본체만체하시고……. 유일하게 김 여사님하고만 이야기하고 지내신 거 같아요. 김 여사님도…… 아버지가 암이라는 것을 알고 계셨더라구요. 그래서 늘 아버지 주무실 때까지 옆에 계셔주시고, 그랬나 봐요……. 아버지가 중환자실에 입원하기 전에 병원에서 검사받으면서 수첩에 무언가를 겨우 간신히 쓰신 다음, 저한테 주셨거든요. 거기에는…….

'가시오가피.'

딱 그 한 단어만 적혀 있더라구요. 처음엔 그게 무슨

뜻인지 알 수 없었지만, 지금은 아니에요.

저는 지금 이 쪽지를 쓰면서 가시오가피를 주전자에 우리고 있어요. 아버지 사시는 빌라 베란다에 몇 달 전부터 그게 잔뜩 쌓여 있었는데, 그게 왜 거기 있었는지 이제야 알게 되었습니다. 그게 무릎 관절에 좋다는 말을 듣고 아버지가 어렵게 시장에 나가 조금씩 조금씩 사 오신 모양이에요. 직접 전해드려야 할 텐데, 여의치 않으면 경비실에 맡겨두겠습니다. 김 여사님께는 어서 빨리 쾌차하시길 바란다는 말씀을 꼭 전해주시면 감사하겠습니다. 그리고 저희 아버지 소식은…… 전하지 마셨으면 해요. 나중에 제가 따로 찾아뵙도록 하겠습니다. 그럼 이만 줄일게요.

모두, 아무도, 아프지 않았으면 좋겠습니다.

*

벚꽃의 성격

벚꽃이라면 여의도 윤중로도 좋고, 쌍계사 꽃그늘 터널 또한 빠지지 않지만, 그래도 그에게 있어 언제나 첫 번째는 전남 보성군 대원사 가는 길에 늘어선 왕벚나무들이다. 그는 6년 전 이맘때, 밤마다 그 꽃나무 둥치를 내려다보며 두 시간씩 혼자 걷곤 했는데, 그러고 다시 방으로 돌아와보면 운동화 끈 사이사이에 누군가 흘린 식빵 부스러기 같은 꽃잎들이 잔뜩 달라붙어 있었다. 그는 이틀에 한 번씩 탁탁, 사납게 운동화를 문턱에 대고 털어냈다.

당시 그는 서른여섯 살이었고, 4년 동안 버티고 애쓰던 IT 회사를 최종적으로 말아먹은 처지였으며, 지지부진하던 연애는 이미 6개월 전에 끝나버린 상태였다. 그게 전부가 아니었다. 연금 대신 퇴직금을 받아 아들의 사업에 몽땅 밀어 넣었던 그의 아버지는 공공 근로를 다니는 노인이 되어 있었고, 퇴행성관절염을 앓고 있던 그의 어머니는 치료 시기를 놓쳐 보행기 없이는 한 발짝도 걸을 수 없는 상태가 되어버렸다. 수중에 남은 것이라곤 은행 빚 1억 7천만 원뿐. 살고 있던 원룸 보증금 2천만 원을 은행으로 보내는 대신 아버지의 계좌로 송금한 뒤 그가 찾은 곳이 바로 대원사였다. 거기 공부방이 따로 있거든. 그냥 한두 달 머리나 식히고 와. 시주는 내가 따로 해놓을 테니까. 그가 사업을 벌이기 전, 함께 직장 생활을 했던 동료 K가 찾아와 그렇게 말해주었다. K는 그가 창업하는 것을 끝까지 말린 유일한 사람이었다. 사업 초창기 지자체 혁신 기업으로 선정돼 장려금을 받았을 때, 그는 K를 만나서 왜 그렇게 사업 시작을 말렸는지 웃으면서 따져 물은 적이 있었다. "그냥, 자네 성격 때문에.” “내 성격이 뭐?” “쉽게 상처받잖아. 그걸 잘 감추지도 못하고.” “내가? 에이, 그건 자네가 날 몰라서 하는 얘기야.” “지금 나 만나고 있는 것도 따지고 보면 다 그런 거 때문 아닌가?”

K는 머리를 식히고 오라고 했지만, 그는 애초에 그럴 마음이 없었다. 머리를 식히다니, 그건 너무 가진 자의 말이 아닌가? 역시나 K는 나를 잘 모르는군. 그는 해가 떠 있는 동안엔 대웅전에서 멀찍이 떨어진 별채에 틀어박혀 꼼짝도 하지 않았다. 대신 밤이 깊어지면 컵라면 하나를 끓여 먹고 절 밖으로 걸어 나왔다. 대원사 주차장에서부터 구불구불한 이차선 도로를 한 시간 가까이 걸어 나가보면 남해까지 이어진 18번 국도가 나왔다. 그 국도에 닿기 전 작은 절벽 아래 있는 굵은 왕벚나무에서 끝내버려야지. 그는 험악한 생각을 품고 있었다. 벚꽃이 하나둘 터지기 시작한 3월 말이었다. 작은 꽃망울을 볼 때마다 그는 자주 아버지 어머니의 얼굴을 떠올렸다. 나만 없으면, 나만 사라지면, 그나마 그편이 일을 조금이라도 단순하게 마무리하는 게 아닐

까. 그는 매일 밤, 그 생각을 하면서 걸었다.

그녀가 대원사로 찾아온 것은 4월 둘째 주 월요일이었다. 6개월 전에 헤어진 그의 애인 성희정. 방에서 담배를 피우려고 창문 밖으로 고개를 내밀었는데, 벌컥 방문이 열리면서 그녀가 들어왔다.

"뭐야, 코스닥으로 간다고 큰소리치더니, 이젠 스님이 되려는 거야?"

그녀는 마치 엊그제 헤어졌다가 다시 만난 사람처럼 스스럼없이 방 안으로 들어왔다. 그러곤 방 한가운데 주저앉아 생수를 페트병째 들고 마셨다. 야아, 역시 절에서 마시니까 삼다수도 달다, 달아. 그는 그런 그녀의 모습을 가만히 선 채 바라보았다.

그녀는 그로부터 딱 나흘 동안만 그곳에서 머물다가 떠났다. 대원사 주차장 바로 앞에 있는 민박집이 그녀의 거처였는데, 식사 때마다 그를 불러냈다. 야, 여기 식당은 혼자 먹을 수 있는 음식이 없어. 어떻게 된 게 죄다 전골뿐이야. 그녀는 식당 테이블 앞에 앉은 그를 보면서 그렇게 말했다. 그녀가 처음 나타났을 때 저도 모르게 반갑고 가슴 한편이 일렁인 것도 사실이지만, 그는 이내 다시 침울해졌고 그러다가 까닭 없이 그녀에게 화가 나기도 했다. 물어보지 않아도 그녀를 이곳에 보낸 사람은 K가 맞을 테니까. 그녀와는 3년을 연애했고 결혼까지 생각했지만, 정작 먼저 이별을 고한 쪽은 그 자신이었다.

나흘 내내 그는 밤마다 그녀와 함께 벚꽃길을 걸었다. 벚꽃은 이제 거의 다 떨어졌지만, 바람이 불 때마다 바닥에 떨어져 있던 꽃잎과 가지에 남아 있던 꽃잎이 서로 경계 없이 한곳에서 흩날렸다. 가로등 불빛 아래서면 흩날리는 벚꽃잎은 마치 반딧불이처럼 어둠 속에서 반짝였는데, 그때마다 어쩐지 이 세상 풍경처럼 느껴지지 않았다. 그 풍경 아래에서 그는 속으로 계속 그녀에게 화를 냈고, 그녀는 말없이 걷기만 했다. 그녀가 무슨 말을 꺼내기라도 하면 바로 함부로 꺾인 나뭇가지처럼 날카로운 말이 튀어나올 것 같았는데, 그녀는 말없이 걷기만 했다. 흠음음음. 낮게 허밍으로 알 수 없는 멜로디를 흥얼거리는 게 전부였다.

떠나기 전날, 또 같이 앉아서 버섯전골을 먹는데, 그녀가 국자로 국물을 떠주면서 말했다.

"성격이라는 거 말이야, 누구한테 들은 건데, 그게 다 생존 본능으로 만들어진 거래."

그는 못 들은 척했다.

"포악한 아버지 밑에서 살아남으려면 거기에 맞는 성격이 필요한 거고, 형제 많은 틈바구니에서 자라나려면 또 거기에 맞는 성격이 있는 거고, 이상한 선생님을 만나면 거기에 따라서 성격을 맞춰야 하는 거구……. 그게 다 살기 위해서 그렇게 만들어진 거래."

"그 얘기를 나한테 왜 하는 건데?"

그가 쌀쌀맞게 물었다.

"그냥, 벚꽃도 다 그런 거 같아서. 재네들은 잎보다 꽃이 먼저 피잖아. 그것도 다 성격 때문이지, 뭐. 불쌍한 성격."

그녀의 말은 그것이 전부였다. 그녀는 떠날 때도 올

때처럼 아무렇지 않게, 그에게 손까지 흔들어주면서 버스 정류장 쪽으로 걸어갔는데, 그런 그녀 위로 이제는 꽃잎보다 잎이 더 많아진 왕벚나무가 길게 길게 서로에게 가지를 뻗으면서 서 있는 것이 보였다. 꽃잎 때문에 제대로 보이지 않던 가지들이었다. 그는 하마터면 그녀의 뒷모습에 대고 가지 말라고, 며칠만 더 있어달라고, 소리칠 뻔했다. 하지만 그 전에 먼저 버스가 도착했고, 그녀의 모습은 곧 시야에서 사라졌다.

그가 대원사에서 짐을 챙겨 다시 서울로 상경한 것은 그로부터 사흘이 지난 뒤의 일이었다. 그는 그 사흘 동안 줄곧 잎보다 먼저 피는 꽃의 성격에 대해서만 생각했다. 아울러 헤어진 애인을 위해 대원사까지 내려온 그녀의 성격에 대해서도. 그 생각이 그로 하여금 다시 짐을 싸게 만들어주었다.

*

식혜 같은 내 사랑 1

성구는 전라남도 남평읍에서 토마토와 당근 농사를 짓는 올해 마흔여덟 살의 싱글남이다.

내년에 팔순이 되는 어머니와 올해 열 살이 된 백구 한 마리, 그리고 닭 아홉 마리가 식구의 전부였다. 초등학교에서부터 고등학교까지 전부 남평읍에 있는 학교를 다녔고, 심지어 군 생활도 읍사무소 부설 예비군 대대에서 방위로 마쳤다. 친구들은 모두 고향을 떠나 누구는 사장이 되고, 또 누구는 기자가 되고, 또 누구는 도의원이 되었다는데 그러거나 말거나 그는 하우스 치고 곁순 자르고 토마토 액비 만들면서 30년 가까이 지냈다. 다른 이유는 없었다. 그냥 농사 짓는 것이 적성에 맞았고, 또 마음이 편했다. 야아, 진짜 네가 무슨 동학 농민이냐? 뭐 아직까지 농사를 짓고 앉아 있어? 명절에나 가끔 내려오는 초등학교 동창들은 그를 볼 때마다 깜짝깜짝 놀란 표정으로 그렇게 말했다. 힘들게 왜 그렇게 살아? 그냥 논밭 정리하고 나오면 작은 상가 하나 살 거 아니야? 왜 뭐 농협 조합장 할 거야? 그는 그때마다 속으로 생각했다. 그런 말 하지 마라, 이 자식들아. 너희들 다 대출 끼고 이자 내면서 사는 거 안 봐도 훤히 안다. 이자 때문에 더러워도 직장 다니는 거 누가 모를 줄 아냐? 뭐 너희들 도시 산다고 폼 잡지만 나도 여기서 할 거 다 한다. 너희들만 넷플릭스 보는 줄 아냐? 나도 일 끝나면 그거 보고 홈쇼핑도 하고 안마 의자도 있다, 이 자식들아. 성구는 자신만만했지만…… 딱 하나, 결혼을 하지 못했다는 거, 어머니에게 손자 손녀 한 번 안겨드리지 못했다는 거, 그거 하나만은 마음에 걸렸다. 물론 그도 노력하지 않았던 것은 아니었다. 젊은 날엔 선도 많이 보러 다녔고, 또 혼자 밤늦게까지 채팅도 하면서 어딘가에 있을 인연을 찾으려 무던 애를 썼다. 하지만 그가 내심 의기양양하게 채팅창에 '제가 당근밭만 2천 평이 넘거든요'라고 치기만 하면 그다음부턴 상대가 말을 하지 않았다. 이거 왜 먹통이 됐지? 이게 버그인가? 괜스레 컴퓨터 본체를 통통 치기도 했다. 이젠 그것도 다 옛날 일이 되었다. 어머니도 아무런 기대를 품지 않았고, 그 또한 혼자 막걸리 마시면서 「킹덤」이나 「나르코스」 정주행하는 것이 일상이 되었다. 가족? 뭐 어머니도 계시고, 백구도 있고, 닭들도 있으니까…… 가족이란 게 별건가? 속 썩이고 그러면서도 걱정되는 게 다 가족이지. 우리 닭들과 백구가 내 속을 얼마나 썩이는데…….

그런 성구의 마음이 흔들리게 된 건 지숙이 때문이었다. 성구와 초등학교 동창이었던 지숙이, 읍내에서 제일 예뻤던 종묘상집 둘째 딸 지숙이, 스물다섯 살이 되자마자 일찍도 시집가서 경기도 분당에서 산다던 지숙이, 그 지숙이가 6개월 전 성구네 동네, 비어 있던 슬래브 주택에 들어와 살기 시작했던 것이다. 거 뭐 안 물어봐도 뻔한 거 아니겠어? 이혼하고 혼자 내려온 거지. 저 집도 지숙이가 산 게 아니라 월세라는데. 한 달에 15만 원. 벌써 18년째 이장을 맡고 있는 김씨 아저씨는 물어보지 않은 말을 그에게 해주었다. 종묘상 하던 지숙이 아버지는 딸 없는 셈 치고 안 보겠다고 그랬다나 봐.

처음에 성구는 그러려니 무관심했지만, 또 그럴 순 없었던 것이 하루에도 두세 차례씩 꼬박꼬박 동네에서 마주치니 눈이 안 갈 수가 없었던 것이다. 지숙이는 오랜 시간이 지났는데도 성구를 바로 알아봤고, 대뜸 아무렇지 않게, 마치 6학년 때 어느 날 운동장에서 마주친 것처럼 말을 걸었다.

"야, 최성구! 너 최성구 맞지? 어머, 넌 어째 눈이 그대로다. 짝눈 그대로야."

지숙이는 성구에게 악수까지 청하면서 말했다. 그러면서 괜찮은 알바 쓸 생각 없냐고, 일당은 최저 시급으로 계산해서 받겠다고 쉴 새 없이 말을 이었다. 어어,

그러니까 일손은 늘 필요한데……. 성구가 말끝을 흐리자 지숙이가 툭 어깨를 치면서 말했다. 그럼 계약은 끝난 걸로!

사람 마음이라는 게 참 알 수 없는 게, 지숙이와 나이 많은 어머니와 셋이 함께 비닐하우스에서 일을 하다 보면 이게 진짜 내 가족 같고 내 아내 같은 기분이 들어서 그러지 않으려고 해도 자꾸 무의식적으로 그쪽을 쳐다보게 되었다. 같이 일하고, 같이 점심 먹고, 같이 막걸리 마시니까 오래전부터 쭉 함께 있었던 사람처럼 느껴졌던 것이다. 그런 기분은 일을 마치고 집으로 돌아와 혼자 넷플릭스를 볼 때도, 불을 끄고 누워도 쉬이 사라지지 않았다. 자꾸 지숙이 얼굴이 떠올랐고, 지숙이 꿈을 꾸었다. 아이씨, 내가 올해 마흔여덟 살인데, 여덟 살처럼 왜 이러냐? 성구는 그런 생각을 하다가도 혼자 이불을 뒤집어쓴 채 킥킥거리면서 웃었다. 성구의 어머니는 그런 아들을 보면서 "술 취했으면 얌전히 자라" 한마디 하고 말았다.

성구는 지숙이에게 솔직한 자신의 마음을 말해봐야지, 하고 몇 번이나 결심했지만, 그러나 실행에 옮기진 못했다. 지숙이가 거부하면? 지숙이가 부담스러워하면서 아예 얼굴도 보려 하지 않으면? 성구는 그게 더 겁이 났다. 스무 살, 서른 살 땐 그냥 몇 날 며칠 술 마시고 울고불고하다가 털어낼 수 있었지만, 이젠 그럴 자신조차 없었다. 괜히 상처받고 내려온 사람한테 더 상처 줄까 겁나기도 했고…….

그러던 4월 둘째 주, 마침 어머니가 읍내 보건소에 갈 일이 생겨서 지숙이와 성구 단둘이서만 하우스 작업을 하게 되었다. 한참을 가지 줄 세우기 작업을 하다가 나란히 흙바닥에 주저앉아 한숨을 돌렸다. 지숙이가 페트병째 얼려 온 식혜를 따라 성구에게 건넸다.

"성구야."

식혜를 받아 든 성구를 보면서 지숙이가 평소답지 않게 조용한 목소리로 말을 꺼냈다.

"왜?"

성구는 지숙이의 얼굴을 빤히 바라보았다. 그러다가

먼저 눈을 피했다.

"그냥. 고맙다고."

"뭐가?"

"그냥…… 이 나이 됐는데도 옆에 친구가 있다는 게…… 그게 고맙네."

지숙이는 그렇게 말하면서 슬쩍 웃었다. 성구는 지금이라고, 바로 지금 말해야 한다고 생각했다. 하지만 그의 입에선 전혀 엉뚱한 말이 나왔다.

"식혜나 한 잔 더 줘. 맛있네."

지숙이는 성구의 컵에 식혜를 한 잔 더 따라주었다. 성구는 이게 아닌데, 생각이 들었다가, 또 바로 아니 이게 맞는다는 생각이 들었다.

식혜는 달고 또 시원했다.

*

식혜 같은 내 사랑 2

성구가 살고 있는 남평읍에서는 매년 5월 첫째 주 토요일 '읍민의 날' 행사를 열곤 했다. 강가 공터에 대형 무대도 만들고 천막도 여러 개 치고 가수도 부르고 민속장터도 열리는, 꽤 큰 행사였다. 올해는 특이하게도 행사 주최 측에서 일반 읍민들을 대상으로 '플리마켓' 신청을 따로 받았다. 말인즉슨 각자 팔고 싶은 물건이 있으면 부스를 내줄 테니 나와서 장사를 해보라는 뜻.

"나도 신청하려고."

성구의 비닐하우스 일을 돕던 지숙이 말했다.

"너도? 그게 뭐…… 장사가 될까?"

성구는 장사 핑계를 댔지만, 사실 걱정은 다른 데 있었다. 지숙은 불과 몇 개월 전 고향으로 불쑥 내려온 처지였다. 읍내에선 지숙이 이혼을 하고 도망치듯 고향으로 내려왔다는 소문이 파다했다. 그 와중에 지숙이 도박에 빠져 살았다는 둥, 남편에게 맞고 살았다는 둥, 암에 걸렸다는 둥, 정체불명, 출처 불명의 말까지 더해졌다. 읍내에서 종묘상을 하다가 은퇴한 지숙의 아버지는 아예 딸을 보려 하지 않았고, 마을에선 오직 성구만이 지숙을 챙겼다.

"챙기긴 누가 뭘 챙겨요? 그냥 비닐하우스 인부 하나 쓰는 거지……. 걔가 그래도 제 초등학교 동창이잖아요?"

마을 이장인 김씨 아저씨가 "어째 둘이 좀 수상하네?" 하면서 말을 걸자 성구는 댓바람에 그렇게 말했다. 말은 그렇게 했지만…… 태어나서 48년 동안 주로 닭이나 토마토, 딸기 등과만 연애를 해본 성구로선 갑자기 나타난 지숙에게 마음이 가지 않을 수 없었다. 하지만 지숙은 그럴 마음이 전혀 없어 보였다. 그야말로 인터넷에서만 본 '남사친' '여사친' 관계, 지숙이 원하는 관계는 바로 그거 같았다. 그러니 뭐, 태어나서 48년 동안 주로 동네 백구나 염소, 무말랭이 등과만 연애를 해봐서 고백, 밀당 등등을 전혀 알지 못하는 성구로선 그냥 그 뜻을 받아들일 수밖에.

"식혜를 팔아보려고."

지숙이 슬쩍, 그러나 의욕 충만한 표정으로 성구를 보면서 말했다.

"식, 식혜를?"

"응. 왜 너도 지난번에 내가 만든 식혜 마셔보곤 죽인다고 했잖아? 그걸 페트병째 파는 거야."

아아, 얘가 왜 이럴까? 남평 같은 시골에서 누가 식혜를 사 마신다고……. 나야 그냥 네가 해준 거니까 그런 거지……. 식혜가 다 거기서 거기지, 죽일 것까지야……. 그러니 성구는 더 걱정이 되었다. 가뜩이나 읍내 사람들 다 나올 텐데, 모두 곱지 않은 눈으로 지숙을 볼 텐데……. 거기에 식혜라니…….

"네가 도와주면 이번엔 내가 네 일당 쳐줄게."

지숙은 윗니를 다 드러낸 채 웃으면서 말했다. 그 얼굴을 보다가 성구는 그냥 저도 모르게 고개를 끄덕거리고 말았다. 안 팔리면 내가 다 사 마시면 되지, 그깟 식혜……. 성구는 곧장 그런 심정이 되어버렸던 것이다.

플리마켓 부스는 '읍민의 날' 중앙 무대 왼편에 마련되어 있었다. 중앙 무대 앞엔 플라스틱 의자 수십 개가 놓였고, 무대 오른편엔 귀빈석 천막과 각 마을 협의회 천막이 설치되었다. 군수와 읍장, 농협 조합장의 인사가 끝나자 곧장 난생처음 보는 트로트 가수가 올라와 노래를 부르기 시작했고, 연이어 술판이 벌어졌다. 막걸리가 돌고 머리 고기가 일회용 접시에 담겨 분주히 각 천막과 천막 사이로 날라졌다. 무대 앞까지 나와 춤을 추는 동네 어르신들이 있었고, 솜사탕을 든 채 연신 엄마를 찾는 아이도 있었다.

성구와 지숙은 똑같은 흰 티셔츠를 입고 부스를 지켰다. 애초에 '식혜 큰 병 4천 원'이라고 적어놓았던 가

격표는 채 한 시간도 지나지 않아 다시 성구가 '3천 원'으로 고쳐 적었다. 그래도 식혜는 잘 팔리지 않았다. 만들어 온 식혜는 60병이 넘는데, 팔린 것은 고작 세 병뿐이니……. 옆 부스의 액세서리 매장과 헌 옷 매장은 사람들이 둥그렇게 모여 있을 만큼 정신없이 바빠 보였다. 지숙은 말없이 그 사람들을 지켜만 보았다. 이걸 잔술처럼 팔아야 할까? 아니면 내가 그냥 몰래 마을 천막마다 돌리고 올까? 슬쩍슬쩍 지숙의 표정을 살피던 성구의 마음만 더 초조해졌다.

하지만 그런 성구의 마음은 부스 앞으로 덕만 형님이 다가오자마자 싹 사그라져버렸는데, 그때부터는 그저 '올 것이 왔다'는 긴장감으로 바뀌어버린 것이다.

"여, 우리 지숙이가 고향에 다시 나타났네! 우리 콧대 높은 지숙이가!"

성구의 먼 친척뻘 되는 덕만은 젊은 시절부터 읍내에서 첫손 꼽는 한량으로 유명했다. 오죽했으면 남평 으뜸 특산품은 딸기가 아니라 '문덕만'이라는 말이 돌 정도였으니까.

"거 남편이랑 이혼하고 빈털터리로 내려왔다더니, 이게 뭐야? 식혜야? 왜 이거 팔아서 우리 맘 좋은 성구 꼬셔보려구?"

덕만은 발로 툭툭 부스 아래를 치면서 말했다.

"에이, 형님 또 왜 그러세요? 벌써 취하셨어요?"

성구가 덕만의 허리를 감싸며 막아섰다. 그의 몸에선 시큼한 막걸리 냄새가 났다.

"아니, 놔둬. 맘대로 지껄여보라고 그래."

뒤에서 지숙이 냉랭한 목소리로 말했다. 웅성웅성 사람들이 몰려들고 있었다.

"지껄여? 에휴, 씨. 저딴 걸 자꾸 받아주니까 고향이 만만해 보이는 거야. 너도 이 새끼야, 정신 차려."

덕만이 성구를 보며 화를 냈다. 누가 누굴 보고 정신 차리라고 하는 건지 어이가 없었지만, 지금은 그런 걸 따질 때가 아니다, 성구는 그런 생각으로 계속 덕만을 끌어안았다. 자자, 형님. 됐어, 됐어.

"너 이 새끼야, 아직도 재 좋아하는 거야? 너 이 새끼야, 그냥 이용당하는 거라구. 재가 너 좋아서 그러는 줄 알아? 병신 같은 게 그런 것도 모르고 식혜나 팔고 있고."

그 말에 성구가 덕만의 허리를 잡고 있던 손을 풀었다. 성구는 잠깐 지숙 쪽을 바라보았다. 옆에 모여든 사람들도 한 번 쳐다보았다. 그러곤 말했다.

"아, 씨발, 내가 사랑한다구! 내가 사랑해서 이러는 거라구! 근데, 뭐! 형님이 뭐! 씨발, 내가 사랑해서 식혜를 팔든 수정과를 팔든, 뭐가 문제냐구!"

성구의 목소리가 강줄기에 비친 햇살을 따라 멀리 퍼져나갔다. 중앙 무대에선 때맞춰 '에야디야!' 노랫소리가 흘러나왔다.

*

차마 전할 수 없는

'오늘은 양평까지 출사를 갔다 왔어요. 거기에서도 계속 서현 씨 생각이 났답니다. 지금은 다시 제 원룸이고요. 오늘 제가 본 좋은 풍경들, 메시지와 함께 보냅니다. 서현 씨와 함께 꼭 다시 둘러보고 싶네요.'

서현은 가만히 스마트폰을 바라보다가 한숨을 푹 내쉬었다. 메시지와 함께 온 사진에는 물가에 조용히 자라고 있는 수초들과 사람 한 명 지나다니지 않는 자전거길, 가로수와 구름이 자리 잡고 있었다. 그리고 그 안에 빠지지 않고 끼어 있는 주성의 얼굴, 무언가를 막 발견한 듯 활짝 미소 짓고 있는 그의 얼굴, 그의 입술……. 서현은 그 모습을 바라보다가 저도 모르게 흡, 숨을 길게 들이마셨다. 무의식중에 그렇게 되어버렸다.

서현과 주성이 서로 호감을 갖고 대화를 나누기 시작한 것은 페이스북의 한 그룹 페이지에서였다. 여행에 관심 있는 사람들이 서로 정보를 교환하고 각자 찍은 사진도 올리는 페이지였는데, 주성의 사진에 특히 눈길이 갔다. 풍경 사진이 다 거기에서 거기라지만, 주성의 사진에는 자기 자랑이 없었다. 자신의 얼굴 뒤로 풍경을 세워두는 법도 없었고, 거대한 탑이나 박물관, 음식에 렌즈를 갖다 대는 일도 없었다. 대신 무심한 표정으로 지나치는 사람들, 사찰 뒤편 상수리나무 아래에서 게으른 하품을 하고 있는 고양이들, 낡은 시멘트 계단에 고여 있는 빗물 같은 것이 대부분의 프레임을 차지하고 있었다. 서현은 그런 주성의 사진이 올라올 때마다 꼬박꼬박 '좋아요'를 눌러주었다. 어느 땐 서현만 '좋아요'를 누른 날도 있었다.

서현은 혼자 여행을 다녀본 경험이 없었다. 강원도 횡성에 위치한 한 영농조합에서 경리로 일하고 있는 그녀는 올해 서른한 살이 되었지만, 남들 다 둘러봤다는 일본도, 대만도, 심지어 제주도도 가본 적이 없었다. 영농조합에서 걸어서 20분 거리에 있는, 지은 지 30년 된 단독주택에서 부모님과 함께 살고 있었다. 그녀의 아버지는 항암 치료를 받은 지 3년이 지났지만 여전히 자리에 누워 있기만 했고, 어머니는 요양병원에서 야간 간병인으로 일하고 있었다. 주말에 옷이나 화장품을 사러 가까운 원주 시내까지 나가는 경우도 있었지만, 그것도 그리 자주 있는 일은 아니었다. 대부분은 7시 무렵 퇴근해서 잠들 때까지 스마트폰으로 남들 SNS를 둘러보거나, 영화를 보았다. 그녀 또한 SNS 계정을 가지고 있긴 했지만, 사진이나 게시물을 올린 적은 한 번도 없었다. 그럴 만한 자신도, 사진도 없었기 때문이다.

'서현 씨는 형제가 많으신가 봐요?'

페이스북에서 처음 주성이 서현에게 다이렉트 메시지를 보낸 날, 주성은 간단한 인사말 후 대뜸 그렇게 물었다. 왜요, 라고 물으니, 그냥요, 남들 얘기 잘 들어주시는 거 같아서요, 라는 답이 돌아왔다. 형제도 없고요, 저한테 말을 거는 사람도 거의 없어요. 서현은 그렇게 메시지 창에 적어놓고 지울까 망설이다가 그냥 '보내기' 버튼을 눌러버렸다. 어차피 아는 사람도, 또 볼 사람도 아니니까. 거기에다가 서현의 울컥하는 심사도 한몫했다. 자기가 뭘 안다고……. 저는 아는 사람도 없고요, 암 환자 간병하느라 후각만 예민해졌어요……. 하지만 몇 분 지나지 않아 다시 주성에게서 메시지가 도착했다.

'어, 나도 그런데…….'

서현과 주성은 이후 많은 대화를 나누었다. 서현은 주성이 출판사를 다니다가 현재는 프리랜서 표지 디자이너로 일한다는 것을 알게 되었다. 나이는 스물아홉 살이었고, 사는 곳은 서울 망원동. 서현도 주저하다가 하나하나 자신의 현재를 말하기 시작했다. 거짓말로 둘러댈까 망설였지만, 그러지 않았다. SNS였지만, SNS라는 것이 그녀에게 용기를 주었다.

서현의 예상과는 달리, 둘 사이의 대화는 오랫동안 지속되었다. 주성은 거의 매일 메시지를 보내왔고, 서현도 그 메시지를 무시하지 않았다. 대화해보니 통하는 것도 많았다. 낯가림이 심한 것도, 부모님 중 한 분이 아픈 것도, 좋아하는 영화도 같았다. 단, 주성은 혼자 여행을 많이 다녀봤다는 것, 그것만 달랐다. 서현은 차츰차츰 주성에게 자신의 속엣말도 건네기 시작했다. 어느 날은 조금이라도 빨리 집을 떠나고 싶다는 말을 하기도 했다. 주성은 SNS에 올리는 사진 말고, 서현에게만 따로 사진을 보내오기도 했다. 거기에는 풍경 아래 주성의 얼굴이 살짝 들어가 있었다. 부끄러운 듯 시선을 아래로 깔고 있는 그 얼굴이, 서현은 보기 좋았다. 서현도 용기를 내 주성에게 자신의 셀카를 보내기도 했다. 수십 장을 찍은 뒤 프로필만 슬쩍 나온 그 사진을, 주성도 좋아했다. 1년 가까이 그렇게 서로 메시지를 주고받다 보니 서현은 주성이 마치 오래된 연인처럼 느껴지기도 했다. 실제로 그녀의 감정 또한 그와 다르지 않았고, 주성 역시 그런 듯 보였다. 그들은 몇 번 약속했다가 번복하고, 또 몇 번 다시 약속을 잡았다가 취소하기를 반복하다가, 메시지를 주고받은 지 근 1년 만에 직접 만나기로 시간과 장소를 잡았다. 원주 롯데시네마 앞, 토요일 오후 3시.

하지만 그 만남 이후, 서현의 마음은 느닷없이 차갑게 식어버렸다. 그 '느닷없음'은 서현도 미처 예상하지 못한 것이었다. 다른 문제는 아무것도 없었다. 주성의 얼굴은 사진과 다를 바 없었고, 목소리 역시 상상한 것 그대로였다. 어찌나 똑같던지, 둘은 처음 만나자마자 손부터 꽉 잡았을 정도였다. 하지만 함께 커피를 마시고, 영화를 보고, 다시 저녁을 먹는 동안 서현은 어떤 냄새 때문에 자주 숨을 참을 수밖에 없었다. 그것은 물론 주성의 입에서 나는 냄새였는데, 그건 어쩐지 서현에게 익숙한 냄새이기도 했다. 비린내 같기도 하고, 오래된 고철에서 나는 냄새 같기도 한……. 서현은 계속 신경 쓰지 않으려고 노력했지만, 나중엔 그 노력 때문에 더 선명하게 주성의 냄새만 기억에 남게 되었다.

SNS에선 나지 않던 냄새였는데…….

주성은 서현을 만난 후, 또 다음 약속을 잡자고 계속 메시지를 보내왔다. 서현은 이런저런 핑계를 대며 계속 약속을 미뤘다. 주성과 SNS상에서 대화하는 것은 아무 문제 없었다. 주성의 사진을 보는 것도, 얼굴을 보는 것도, 여전히 즐거웠다. 하지만 다시 만나고 싶은 생각은 들지 않았다. 아니, 겁이 났다. 숨을 참는 자신의 모습을 꼭 들킬 것만 같았기 때문이다. 이런 자신을 서현 또한 쉽게 이해할 수 없었으나, 그때마다 그녀는 이렇게 중얼거렸다. 냄새를 풍기는 건 아버지 한 명으로도 족해. 서현은 그 말을 차마 주성에게 할 순 없었다. 그건 이해받을 수 없는 말이었기 때문이다. 좋아요, 버튼과는 다른 말이었기 때문이다.

✳

사랑과 상담 사이

첫째 날

진만 성희 씨, 잘 들어가셨나요? 전 지금 들어왔어요. 오후 8:42

성희 어머, 제가 너무 늦게 봤네요. 네, 저도 잘 들어왔어요. 고마워요. 전 빈말인 줄 알았는데, 진짜 이렇게 다시 연락을 주셨네요. 오후 10:12

진만 아니에요! 늦긴요! 전 또 무슨 일 있으신 줄 알고……. 제가 더 고맙죠. 이렇게 답신도 해주시고……. 전 정말 오늘 성희 씨 만나고 와서 너무 좋았거든요. 진

짜 무슨 인연을 만난 것 같고……. 오후 10:13

성희 저도요. 저도 아까 거리에서 처음 진만 씨 봤을 때……. 그때 퇴근하던 길이었죠? 오후 10:18

진만 네, 알바 끝내고 집으로 돌아가는 길이었어요. 마을버스 기다리고 있을 때 성희 씨가 말을 건 거예요. 오후 10:18

성희 네, 제가 아까도 말씀드린 것처럼 진만 씨 처음 봤을 때 어떤 인연이라는 생각이 들었거든요. 그래서 용기를 내 말을 건 거예요. 진만 씨, 우리 계속 연락하면서 지내도 되는 거죠? 저는 진만 씨를 또 만나고 싶은데……. 오후 10:24

진만 그럼요, 그럼요! 저도 꼭 그러고 싶습니다! 오후 10:24

성희 그럼 우리 돌아오는 수요일 오늘 봤던 그 카페에서 또 볼까요? 오후 10:42

진만 네, 네! 제가 거기 일찍 나가서 기다리고 있겠습니다! 오후 10:42

다섯째 날

진만 성희 씨, 접니다! 오후 10:11

성희 네, 진만 씨. 제가 또 늦게 봤네요. 핸폰이 진동으로 되어 있어서……. 오후 10:32

진만 아니에요. 오늘 나와주셔서 정말 감사합니다! 사실 전 성희 씨가 안 나올까 봐 걱정했거든요. 제가 이런 경우가 처음이라서……. 쑥스럽지만 전 성희 씨를 만나고 있는 시간이 정말 좋습니다! 오후 10:34

성희 네, 저도 진만 씨가 참 좋은 사람이라고 생각해요. 그리고 진만 씨, 아까 우리 카페에서 우연히 미자 언니 만났잖아요. 저도 그 언니를 한 6개월 만에 만나는 거였는데, 그 언니가 진짜 실력 있는 상담사거든요. 아까 우리 심리 테스트 해준 것도 그게 정말 받기 어려운 거라고 하더라구요. 우리가 운이 좋은 거였죠. 진만 씨랑 헤어지고 그 언니랑 같이 지하철 탔는데, 언니가 진만 씨 굉장히 특별한 사람이라고, 기회가 되면 또 한 번 만나보고 싶다고 하더라구요. 언니가 그렇게 말하는 사람이 흔치 않은데……. 정말 진만 씨가 대단한 사람

이긴 대단한 사람인가 봐요. 미자 언니가 진만 씨에게 연락드려도 되죠? 오후 10:57

진만 그럼요! 성희 씨 선배님인데. 제가 그럴 만한 사람은 아닐 텐데……. 좀 얼떨떨하네요. 아무튼 좋게 봐주셨다니 감사하죠. 다음 주에 제가 성희 씨와 선배님께 밥을 사도록 하겠습니다! 오후 10:59

열하루째 날

미자 진만 씨, 김미자입니다. 오후 8:09

진만 아, 네. 오후 8:12

미자 아까도 말씀드렸지만, 진만 씨는 영적으로 독특한 사람이에요. 굉장히 열려 있고, 또 한편 연약하기도 합니다. 어찌 보면 지금이 진만 씨에게 위기의 시간일 수 있어요. 혹시 요즘 쉽게 지치거나 몸이 무겁지 않으신가요? 오후 8:14

진만 네……. 그거야 제가 상하차 작업도 해서 늘…….
오후 8:16

미자 그거 보세요. 그게 진만 씨의 영이 흐려지고 자꾸 장애물이 생겨서 그런 거예요. 이럴 때일수록 누군가 진만 씨의 영을 바로잡아주는 사람이 필요한 거예요. 오후 8:18

진만 근데, 성희 씨는 정말 괜찮은가요? 오늘 나오지도 못하고 연락도 안 돼서 걱정이 되거든요. 감기가 맞는 거죠? 오후 8:20

미자 네, 감기가 맞아요. 성희도 저한테 간곡히 부탁을 하더라구요. 진만 씨를 제대로 설 수 있게 도와달라구요. 자기도 열심히 기도해보겠다고 했고요. 오후 8:23

진만 네, 고마운 말이네요. 오후 8:28

미자 진만 씨, 지체할 시간이 없어요. 성희 통해서 바로 만날 날짜 잡을 테니까, 우리 꼭 얼굴 보고 얘기해요. 제가 걱정돼서 하는 말이에요. 이게 진짜 진만 씨만의 특이한 경우거든요. 오후 8:30

열여섯째 날

진만 네, 좋아요. 제사가 되었든 기도가 되었든 다 해드릴게요. 한데, 성희 씨…… 성희 씨는 어떻게 된 거

죠? 성희 씨를 만나서 얘기를 듣고 난 후, 제가 말씀대로 다 해드릴게요. 오후 9:11

미자 진만 씨, 지금 성희가 중요한 게 아니에요. 모르겠어요? 제가 계속 말씀드렸잖아요. 성희의 영과 진만 씨의 영은 서로 상극이에요. 제례를 올려서 그 원흉을 없애야 서로 만날 수 있는 거라니까요! 성희도 제 말 듣고 일부러 진만 씨 만나는 거 참고 있는 거예요. 이 뿌리부터 완벽하게 캐내야 하는 거예요. 지금 진만 씨 마음 어지럽히는 것도 다 그 마지막 저항인 거죠. 힘들더라도 며칠만 더 참고 기도해보세요. 오후 9:22

진만 네……. 오후 9:31

스물하루째 날

진만 성희 씨…… 오늘도 연락이 잘 안 되네요……. 연락이 안 돼도 그냥 여기에 계속 말할게요. 사실 성희 씨…… 지금 제 마음이 많이 흔들려요. 같이 사는 친구는 그거 다 사기다, 멍청하게 속지 말라고 하는데…… 저는 계속 그 말을 믿지 않고 있어요. 그러면서 한편으론 또 이런 생각을 했어요. 사기라도 좋고 속아도 좋다구요. 그래도 꼭 한번 다시 성희 씨 만나서 카페에서 얼굴 보고 커피 마시고 싶다는 생각을 했어요. 우리 처음 만났을 때처럼요……. 저는 내일 미자 씨 만나서 제례를 드리러 가요. 원래는 70만 원인데, 특별히 성희 씨 생각해서 50만 원에 해주겠다고 하셨어요. 그거 드리면 그분 말처럼 마가 사라진다고 하니까, 그땐 성희 씨를 볼 수 있을 거라고 믿어요. 마가 사라지든 사라지지 않든, 제 마음은 처음이나 지금이나 마찬가지거든요. 성희 씨가 이런 제 마음을 알아주셨으면 좋겠어요. 저는 그게 전부예요. 기다릴게요. 오전 2:47

✳

아빠의 짝사랑

미친 거 아니야!

나로선 그런 반응이 저절로 나올 수밖에 없었다. 아빠가 사랑에 빠지다니, 우리 아빠가 다른 여자에게 마음을 뺏기다니…….

그래, 그건 뭐 이해 못 할 일도 아니었다. 아빠는 이제 겨우 쉰한 살이고, 10년 가까이 연애 한 번 제대로 하지 못한 사람이니까. 나는 고등학교에 입학했을 때부터 농담 삼아 아빠에게 빨리 연애 좀 하라고, 헤어스타

일도 8대 2 가르마 같은 거 하지 말고, 제발 양복바지에 흰 양말 좀 신지 말라고, 짜증을 부리기도 했다. 연애는 하되 결혼은 하지 마, 아니, 결혼이 꼭 하고 싶으면 나 대학 들어가고 나서 그때 하고. 이제 몇 년 안 남았잖아? 그리고 결혼을 하더라도 동생은 낳지 말아줘. 내가 이 나이에 동생 생기는 건 좀 그렇잖아? 그러니까 너무 젊은 여자하곤 연애하지 말고……. 내가 그렇게 쫑알거릴 때마다 아빠는 조금 귀찮은 표정이 되어 이렇게 말하곤 했다.

"알았어, 알았어. 그러니까 아빠 빨리 연애도 하고 결혼도 하게 너도 꼭 대학 가고……. 재수하지 말고."

그러니까 내 말은 아빠가 연애한다고 해서, 내가 결코 삐치거나 옹졸한 마음을 품지는 않는다는 뜻이다. 내가 무슨 초등학생도 아니고……. 한데, 왜 하필 상대가 그 여자란 말인가. 그것도 제대로 된 연애도 아닌 짝사랑 상대가…….

구청 교육지원과에 근무하는 아빠는 10년 넘는 세월

동안 혼자 힘으로 나를 키웠다. 엄마는 내가 여섯 살 때 혈액암을 앓다가 돌아가셨다는데, 그래서 그런지 엄마에 대한 기억은 없다. 다른 아이들처럼 엄마는 없었지만, 그렇다고 내가 딱히 불편하고 우울하게 지낸 건 아니었다. 그만큼, 그 빈자리만큼, 아빠가 다 채워줬기 때문이다. 아빠는 나 때문에 일부러 구청의 한직만 전전했고, 윗사람 눈치 따위는 상관하지 않고 정시 출근, 정시 퇴근만 고집했다. 단 한 번도 내 아침밥을 거른 적이 없었고, 내 속옷은 늘 손빨래해주었다. 그런 아빠 때문인지 나는 남들 다 앓는다는 '중2병'도 무난하게 넘어갔다.

"중2병이라는 게 원래 피곤해서 생기는 거거든. 한참 잠 많은 나이에 제대로 자지도 못하고 하루 종일 앉아 있기만 하니까 짜증이 나지. 집에 오면 무조건 자! 뭘 하려면 한 시간 정도 자고 일어나서 해."

솔직히 나는 아빠가 혼자 딸을 키우느라 성적 정체성도 바뀐 게 아닐까, 염려했던 적도 있었다. 그래서 일부러 더 연애하라고 했던 것인데…….

아빠가 짝사랑에 빠진 상대는 내가 다니는 '정석수학학원'의 부원장인 '흑마늘' 강주원 선생이다. 아빠와 비슷한 또래인 건 분명하고 또 지금까지 결혼도 하지 않은 것 역시 확실했다. 몸은 마른 편이고 턱은 좀 긴 편인데 특이하게도 항상 머리카락을 다크블루로 염색하고 마스카라를 진하게 그리고 다녔다. 옷도 항상 검은색 정장만 고집했고. 그래서 별명은 '흑마늘'. 생긴 것만 '흑마늘'이 아니고 아이들을 대하는 태도나 행동도 흡사 '흑마녀'와 같았다. 주간 평가 성적이 나오는 날이면 말도 하지 않고 가만히 아이들을 노려보기만 했다. 그러곤 딱 한 마디.

"돈값 해!"

누가 수학 선생 아니랄까 봐 '차갑기'가 꽁꽁 언 노르웨이 고등어 저리 가라였다. 그런 '흑마늘'을 도대체 왜? 아빠가 수능을 다시 볼 것도 아니면서 왜? 삼계탕 먹을 때 마늘도 따로 빼놓고 먹는 아빠가 왜? 왜! 왜!

낌새는 지난달부터 보이기 시작했다. 평소 학원이 끝

나는 밤 10시에 차를 대고 나를 기다리던 아빠가 자꾸 건물 안까지 들어와 데스크 앞에 앉아 있기 시작했던 것이다. 그러면 차를 따로 주차까지 해야 했는데도, 아빠는 계속 학원 안에서 기다렸다. 그러곤 마치 누군가를 찾는 듯 힐끔힐끔 다른 강의실을 엿보기도 했다.

"미주야, 너 그 수학 학원에 강주원 선생님 말이야……."

"응, 흑마늘. 흑마늘이 왜?"

"흑마늘? 아니, 그 선생님이 참 괜찮아 보여서 말이야……. 스타일도 멋있고……."

"스타일? 웬 스타일? 아빠 요새 눈이 좀 안 좋아졌나? 색약인 거 아니야?"

그때는 그냥 아빠가 요새 좀 피곤한가, 하고 넘어갔는데, 지금 생각해보니 그때 제대로 추궁하지 못한 내 잘못이 크다. 아빠는 그로부터 다시 며칠 후, 제대로 본색을 드러내고 말았다. 아빠가 우리 학원 자유게시판에, 그것도 내 아이디로, '강주원 선생님, 최고!' 운운하는 글을 올린 것이었다. 아니, '강주원 선생님, 최고!'라는 말도 촌스럽기 그지없는데, 그걸 왜 내 아이디로 남기냔 말이다. 그 글을 본 친구들이나 다른 학원 선생님들이 나를, 이 성미주를, 도대체 뭐라고 생각하겠냔 말이다. 나는 그 글을 보자마자 폭발해서 아빠부터 찾고 말았다.

"아빠, 미쳤어? 아빠 도대체 왜 그래? 이게 뭐야!"

"아니, 나는 그 선생님이 정말 좋은 거 같아서……."

"좋긴 뭐가 좋아? 아빤 잘 알지도 못하면서! 왜 내 아이디로 남기냐고!"

"……."

"아빠, 혹시 흑마늘 좋아해?"

"……."

"아, 나 정말 미쳐……."

나는 게시판에 올린 글을 삭제하고 두 눈을 감았다. 아빠는 계속 내 옆에 앉아 있었다.

"아빠는…… 그 선생님이 가끔 네 성적 문제로 카톡을 보내주시는데…… 그 내용이 정말 좋아서…… 널 많이 생각해주는 거 같아서…… 그래서 그런 거지."

"정말 그게 전부야? 다른 마음은 없고?"

내가 계속 다그치자 아빠가 천천히 사실을 털어놓기 시작했다.

"한번 따로 뵈었으면 좋겠다고 카톡을 보냈는데…… 딱 한 번 그렇게 보냈는데…… 그 뒤로 말씀이 없으시네……."

아아, 내가 미쳐……. 학원을 진짜 옮기든지 해야지…….

그건 그렇고 우리 아빠 진짜 어쩌면 좋니? 이렇게 '연애 무식자'가 되어버렸으니……. 나는 '흑마늘'이 미웠지만, 어쩐지 아빠가 짠해 보이기도 하고, 다행이라는 생각도 들어서 쉽게 입을 떼지 못했다. 가만히 아빠를 마주 보며 앉아 있기만 했다.

*

미소년 장군님

엄마에게 문제가 있다고 느낀 건 지난 2월 말, 모처럼 휴가를 내 함께 제주도로 가족 여행을 떠났을 때의 일이다. 올해 일흔이 된 엄마의 칠순 기념 여행이기도 했는데, 나와 아내, 여섯 살이 된 내 딸 하은이, 그리고 올해 마흔한 살이 되었지만 아직 결혼하지 못한 남동생 성우가 동행했다. 3월 1일 연휴가 겹쳐 비행기표를 구하기 어려웠던 탓에 목포로 내려가 배편을 이용하기로 했는데 나와 아내와 딸은 서울에서 KTX를 타고 이동했고, 전라도 광주에서 사는 성우는 자동차로 목포항 여객 터미널로 왔다. 충남 논산에서 혼자 사는 엄마도 공주역까지 버스를 타고 나와, 나보다 한 시간 늦은 KTX를 타고 목포로 왔다.

"저희가 탄 기차가 거기 공주역에 10시 30분에 도착하거든요. 그거 타셔서 같이 목포로 가시면……."

"됐다. 뭐 쓸데없이 서로 시간 맞추려고 애쓰고 그래? 사흘 동안 실컷 볼 텐데. 목포에서 만나."

"아니, 그래도……."

엄마는 내 말이 끝나기도 전에 전화를 끊어버렸다. 아버지가 돌아가신 후 지난 5년 동안 엄마는 늘 그런 식이었다. 서로 아쉬운 소리 안 하고, 유별나게 찾아오거나 찾아가는 짓도 하지 말고, 그저 각자 건강하게 잘 지낼 것. 그것이 엄마가 나와 동생 성우에게 부탁한 말이다. 아버지 유족연금이 나오니 괜히 얼마 되지도 않는 용돈 보내면서 생색내지 말라고, 대신 엄마에게도 기댈 생각 같은 건 하지 말라고. 그 말 따라 나는 가끔 안부 전화를 드리고, 명절에 찾아가는 것 외에는 별다른 관심을 기울이지 않고 산 것이 사실이다. 그건 아버지가 살아 계실 때도 마찬가지였으니까. 나로 말할 것 같으면 그 지옥 같은 구디(구로디지털단지)에서 6년째 앱 개발자로 살아가고 있는 처지였다. 그 기간 이직만 다섯 차례를 한 떠돌이 저니맨. 그건 말하자면 하루 평균 열네 시간씩 딸기 비닐하우스 같은 사무실에 갇혀 살았다는 뜻이고, 과민성대장증후군과 약간의 신경쇠약, 이명과 치루 증상을 동시에 달고 산다는 뜻이기도 했다. 거긴 뭐 현대판 로마의 노예선, 그냥 앞사람 뒤통수만 바라보며 노를 젓는 밑바닥이나 다름없으니까. 그런 환경이 엄마에게나 동생에게나 내 알리바이 역할을 했던 게 맞았다. 또 그만큼 그들은 다 잘 살고 있는 것처럼 보이기도 했다. 명절에 만나는 엄마는, 아버지와 살던 작은 아파트 거실에 앉아 「가요무대」나 성경책을 보면서 늘 조용하게, 그러나 흐트러지지 않는 모습으로 지내고 있었다. 그래서 그냥 그러려니, 엄마들의 시대보다 우리들의 시대가 더 엉망이 되었구나, 하는 심정으로 지냈던 것이다.

하지만 목포역 광장에서 만난 엄마의 모습을 보고 나는 잠깐 멍한 상태가 되고 말았는데(심지어는 살짝 딸꾹질까지 하고 말았다), 패딩 점퍼를 입고 작은 백팩을 멘 엄마는 한 손에 초등학교 1학년쯤 되는 아이를 안고 나타났다. 웬 아이지? 고개를 갸웃거리며 자세히 보니 그것은 사람이 아니었다. 인형이었다! 검은색 코트와 해군 제독의 하얀 모자, 그리고 양복과 구두, 윗부분에 수정 구슬이 박힌 지팡이까지 손에 쥔.

"너는 우리 장군님 처음 보지? 인사하렴, 우리 니콜라스 장군님이야."

엄마는 나를 보며 그렇게 말했다.

"니, 니…… 무, 무슨 장군님요? 엄마…… 이게 무슨……."

나는 그렇게 니콜라스 장군님과 처음 만나게 되었다.

동생 성우에게 들어보니, 우리 니콜라스 장군님은 헤어와 안구, 의상과 메이크업까지 풀세트로 구성된 구체관절인형인데, 지난겨울 엄마가 해외 직구를 통해 무려

120만 원을 지불하고 구입한 친구라는 것이었다. 성우는 이미 지난 설날에 니콜라스 장군님을 한 번 알현한(?) 까닭에 무덤덤한 반응을 보였지만(나는 지난 설날 연휴 내내 출근을 해야만 했다), 나는 도무지 적응이 되지 않았다. 칠순이 된 우리 엄마가 인형을 안고, 인형에게 말을 걸고, 게다가 가족 여행에까지 데려와 애지중지하는 모습이라니……. 내가 알고 있던 조용하고 흐트러지지 않는 엄마의 모습을 찾을 길이 없었다.

"아니, 그래도 엄마…… 이건 좀……."

나는 입을 벌린 채 말을 잇지 못했다. 그건 아내도 마찬가지였는데, 오직 여섯 살인 하은이만 "와, 할머니 좋겠다!" 하면서 니콜라스 장군님의 머리카락을 조심스럽게 만졌을 뿐이었다. 엄마는 그런 하은이의 손을 가볍게 제지했다. 니콜라스 장군님은 해외에서 오신 분답게 머리카락도 금발이었다.

그렇게 나와 내 식구들은 2박 3일 내내 니콜라스 장군님과 함께 제주도를 여행했다. 성산일출봉 앞에서도,

천지연폭포 앞에서도, 우리는 니콜라스 장군님과 함께 사진을 찍었다. 사진을 찍을 때마다 지나가는 관광객들이 우리 가족을 힐끔힐끔 쳐다보기도 했다. 전복죽을 먹으러 들어갔을 때도, 고기 국수를 먹으러 갔을 때도, 니콜라스 장군님은 식당 의자 하나를 차지한 채 기품 있는 모습으로 앉아 있었다. 무엇보다 압권은 한라산 중턱 승마 체험 목장에 갔을 때였는데, 엄마는 기어코 니콜라스 장군님과 함께 말을 타겠다고 고집을 피워 우리 가족뿐 아니라 그곳에서 근무하는 사람들의 얼굴을 모두 돌하르방처럼 굳게 만들었다. 니콜라스 장군님과 함께 말에 올라타 브이 자를 그리며 즐거워하던 엄마는 이내 장군님의 등에 얼굴을 감추고 쑥스러운 표정이 되고 말았다. 성우는 그 모습을 계속 스마트폰 카메라에 담았다.

제주도에서의 마지막 날 밤, 나는 성우와 함께 펜션 베란다에 나가 맥주를 마셨다.

"엄마 좀 문제 있는 거 아니니? 이걸 어떻게 봐야 하는 건지……."

내 말에 성우는 잠깐 동안 말없이 밤하늘을 보다가 조용히 말했다.

"형, 왜 옛날에…… 우리 아버지 상사 되고 부대 관사에서 살 때 말이야……. 그때 엄마가 새파랗게 어린 중대장 부인 김장 대신 해주고 기저귀 빨던 거 기억나? 그 여자가 엄마한테 막 함부로 대하던 거 말이야……."

"아니, 지금 그 얘기가 아니고, 엄마가 무슨 병에 걸렸을지도 모르는데……."

"난 자꾸 그때 생각이 나더라구. 형도 그냥 그렇게 생각해. 엄마가 사랑에 빠진 거라고……. 뭐 니콜라스 장군님이 우리보다 나은 거 같은데……."

우리 장군님과♡

✳

남편은 왜?

남편은 왜 그랬을까? 왜 나와 상의도 하지 않고 그런 일을 저질렀던 것일까? 묻고 싶은 마음은 눈덩이처럼 커져가는데, 입이 잘 떨어지지 않았다. 그저 물끄러미 운전하는 남편의 옆얼굴만 쳐다볼 뿐. 남편은 차 앞 유리창만 바라보고 있었다.

어제, 퇴근하고 돌아오는 길에 집 앞에 주차된 낯선 자동차 한 대를 보았다. 살고 있는 곳이 재개발이 예정된, 오래된 단독주택 밀집 구역인지라 늘 주차 문제로 주민들의 신경이 날카로웠다. 집 대문 앞에 '주차 금지'라고 휘갈겨 쓴 입간판이나 양동이를 내놓은 경우는 애교에 속하고, 어떤 집주인은 어디서 구했는지 알 수 없는 커다란 돌덩이를 가져다 놓기도 했다.

차 앞부분이 대문과 너무 가까이 붙어 있어서 어쩔 수 없이 양손에 들고 있는 비닐봉지를 모두 내려놓아야만 했다. 마침 초복이었다. 삼계탕을 좋아하지 않는 남편을 위해 낙지와 전복과 커다란 무를 사서 다른 날보다 서둘러 퇴근한 길이었다. 이놈으로 연포탕을 끓여 주어야지. 낙지는 왜 한 마리에 7천 원씩이나 하는 걸까. 소고기를 넣으면 국물이 더 진해질 텐데……. 마트에서 할인하는 소고기 팩을 몇 번이나 들었다 놨다 하다가 그냥 돌아오는 길이었다. 소고기까지 샀으면 5만 원은 넘었을 텐데……. 내가 학습지 교사로 일하면서 버는 돈은 아이 한 명당 한 달에 3만 원꼴이었다. 50명의 아이들을 달래고 윽박지르고 꼬셔가면서 버는 돈은 한 달에 150만 원 남짓. 그 돈이 남편과 나, 초등학교에 다니는 아들의 한 달 생활비다. 반찬은 늘 거기에서 거기고, 아이 신발은 고르고 골라 언제나 매대에서만 샀다. 내 속옷을 사본 게 언제 일인지, 마지막으로 극장에서 본 영화가 무엇인지, 그런 것은 따져보지 않고 살았다. 이제 3년만 더, 3년만 더 전세자금대출을 갚으면 이 동네를 떠나 작은 아파트 전세를 알아볼 수 있다. 한과 공장에서 일하는 남편의 월급이 숨 돌릴 틈 없이 바로 은행으로 빠져나가는 이유도 그 때문이었다. 그래, 그래도 초복이니까……. 소고기 대신 전복을 넣어도 국물은 진해질 것이다. 이 연포탕을 먹고 여름을 나면 또 그만큼 원금도 사라질 것이다. 나는 최대한 긍정적으로 생각하려고 노력했다.

하지만 남편은 정말 왜 그랬던 것일까?

집에 들어와보니 의외로 남편이 퇴근해서 텔레비전을 보고 있었다. 공장에 무슨 일 있었냐고 물으니, 기계 수리 문제로 단축 근무를 했다고, 내일도 쉬게 되었다고 얼버무려서 그냥 그런 줄 알았다. 더우니까 기계도 무리가 오나 봐. 남편은 무심한 듯 그렇게 말했다. 그러더니 전에 없이 부엌일을 도왔다. 무를 썰고, 전복을 손질했다. 아이는 아직 영어 학원에서 돌아오지 않아 제법 신혼 때 기분이 나기도 했다.

그러다가 툭, 남편이 말을 꺼냈다.

"집 앞에 있는 자동차 봤어?"

"아우, 그러게. 누가 예의도 없이 그렇게 대문 앞에 바싹 대놓았더라구."

나는 풋고추를 썰면서 말했다.

"그거, 내가 샀어."

남편은 마치 라면이나 아이스크림을 샀다고 말하는 것처럼 무덤덤한 표정이었다.

"뭘 샀다고?"

"우리 집 앞에 있는 차. 내가 그냥 샀어. 할부로."

나는 부엌칼을 내려놓고 팔짱을 꼈다. 농담인가, 무슨 장난인가, 생각했지만 차가 분명 집 앞에 있는 것을 보았다. 그러니 마냥 농담은 아닌 것 같았다.

"한물간 모델이라구 싸게 나왔더라구. 프로모션으로 많이 깎아주고……."

"그래서 얼만데?"

"72개월 할부. 한 달에 40만 원씩."

거기까지만 듣고 나는 안방으로 들어가 문을 닫았다. 또각또각, 남편이 무를 써는 소리가 한동안 이어지더니 이내 아무런 소리도 들리지 않았다. 낙지를 지금 넣어야 하는데, 그래야 국물이 잘 우러날 텐데……. 자꾸 그 생각이 나서 신경질이 더 났다. 하지만 나는 문밖으로 나가지 않았다. 나는 용납할 수가 없었다.

그리고 오늘, 아이가 등교하자마자 나는 남편을 앞세워 자동차 대리점으로 향했다.

"꼭 그래야겠어?"

남편은 자동차 앞에서 내 얼굴을 보면서 물었다.

"안 그러면? 무슨 수로 6년 동안 40만 원씩 낼 건데? 4만 원이 아니고, 40만 원이라고!"

"내가 알아서 하면 되잖아. 잔업도 더 하고, 정 안 되면 밤에 다른 알바도 하고……."

말도 안 되는 소리. 남편은 평소에도 체력이 약해서

밤 10시만 되면 세상모르게 잠드는 사람이었다. 이 와중에 병시중까지 들게 할 작정인가……. 그리고 나는 도무지 이해가 안 됐다. 왜 그렇게까지 하면서 자동차가 있어야 한단 말인가! 자동차를 위해서 잔업을 한다는 게 말이 되는가? 자동차가 뭐? 자동차가 뭐 상전인가? 자동차가 뭐 돌아가신 조상님이야? 조상님한테 그러면 효자라는 소리라도 듣지…….

나는 단호했다. 계약 취소가 안 될 거라고 남편이 말했지만, 정 그러면 손해를 보는 한이 있어도 되팔 마음을 먹었다.

"지난주에 있잖아……."

신호등 때문에 차가 멈췄을 때, 남편이 여전히 앞 유리창을 바라보며 말했다.

"일 끝나서 집으로 오려고 버스 정류장에 서 있는데…… 이상하게 거기 있는 사람들이 나를 바라보는 거야."

나는 아무 말 없이 남편의 말을 듣기만 했다.

"사람들이 왜 보나 했더니…… 날벌레들이 온통 내 주위로만 몰려들어서, 그게 신기해서 쳐다보는 거 같더라구. 이게 왜 그러지, 왜 그러지 했는데…… 생각해 보니 엿기름 때문이더라구. 우리 공장에서 쓰는 엿기름……."

나는 계속 잠자코 있었다.

"그냥 그 날벌레들을 손으로 계속 쫓다가, 길 건너편에 있는 자동차 대리점으로 쑥 들어가버렸어. 날벌레가 좀 없어졌으면 해서……."

남편은 거기까지만 말하고 입을 닫았다. 그렇게 들어간 대리점에서 남편은 아마 계약서를 썼겠지. 갑자기 대리점으로 들어온 자기 자신이 무안해서……. 나는 더 단호해져야 한다고 생각하면서도 자꾸만 마음이 아파오는 것을 어쩔 수 없었다. 새 차에서는 시큼한 소독약 냄새가 났다.

작가의 말

세상 모든 소설은 다 연애소설이라고 하던데, 나에게 그건 '연애'라는 단어에 방점이 찍힌 말이라기보단 '소설'을 쓰는 마음에 대한 가르침으로 들린다. 소설을 쓴다는 것은 누군가를 그리워하고 아끼는 마음이 절반이니까. 나는 누군가를 미워하는 마음으로 소설을 쓴다는 사람을 본 적 없거니와 누군가에게 복수하기 위해 이야기를 짓는다는 사람도 만나본 적 없다. 그런 마음으로 소설을 쓰다 보면 다 망해버리고 마니까. 그건 그냥 결말이 정해진 이야기이니까. 장소든 시간이든 단어든,

아끼는 사람이 글을 쓴다. 매일 글로 쓰다 보면 아끼는 마음이 들게 된다.

어쩌다 보니 짧은 소설만 벌써 세 권째다. 5년째 한 달에 두세 편씩 꼬박꼬박 짧은 소설을 쓰고 있는데, 그러다 보니 매번 무슨 백일장을 치르는 느낌이다. 백일장은 쓴 사람 이름을 가린 채 오직 글로만 평가를 받는 법. 그 마음으로 계속 근육을 단련하고 있다. 이름은 지워지고 이야기만 오래오래 살아남기를 바랄 뿐이다.

책으로 묶어준 위즈덤하우스와 김소연 님, 일러스트를 맡아준 최진영 님께 특별한 감사의 인사를 전한다. 모두 아프지 않기를.

2020년 7월

이기호

누가 봐도 연애소설

초판 1쇄 발행 2020년 07월 30일 **초판 4쇄 발행** 2022년 6월 24일

지은이 이기호
펴낸이 이승현

편집2 본부장 박태근
스토리 독자 팀장 김소연
디자인 신나은

펴낸곳 ㈜위즈덤하우스 **출판등록** 2000년 5월 23일 제13-1071호
주소 서울특별시 마포구 양화로 19 합정오피스빌딩 17층
전화 02) 2179-5600 **홈페이지** www.wisdomhouse.co.kr

ISBN 979-11-90908-53-5 03810